扔

[韩] 宣贤京 著/绘　钱卓 译

时代文艺出版社

图书在版编目（CIP）数据

扔／（韩）宣贤京著绘；钱卓译．—长春：时代文艺出版社，2016.2

ISBN 978-7-5387-4954-0

Ⅰ．①扔… Ⅱ．①宣… ②钱… Ⅲ．①随笔—作品集—韩国—现代 Ⅳ．①I312.665

中国版本图书馆CIP数据核字（2015）第261092号

出 品 人　陈　琛
产品总监　郭力家
选题策划　付　娜
责任编辑　刘　婷
装帧设计　胡靳一
排版制作　隋淑凤

扔

[韩] 宣贤京 著／绘　钱卓 译

出版发行／时代文艺出版社
地址／长春市泰来街1825号　时代文艺出版社　邮编／130011
总编办／0431-86012927　发行部／0431-86012957　北京开发部／010-63108163
网址／www.shidaicn.com
印刷／三河市万龙印装有限公司
开本／880mm × 1230mm　1／32　字数／119千字　印张／9.5
版次／2016年2月第1版　印次／2016年2月第1次印刷　定价／35.00元

图书如有印装错误　请寄回印厂调换

每日舍弃一件

什么都不扔的女子的

365天一日一度工程

序

去年4月，一位朋友说一定要向我们家人推荐一部纪录片。那部纪录片的名字叫作《死也不舍弃的人——囤积者》。我怀着看塞伦盖蒂动物纪录片的心情，没抱任何想法，轻松观看了这部片子。至少刚开始时是这样。

纪录片中的人们将外面的报纸、废纸、塑料、废铁、空瓶、木头、广告传单等别人称之为垃圾的东西搬进家中，而且只是堆积着，绝不扔掉。他们从垃圾堆般的杂物中感受安宁，获得慰藉。那是只属于他们的世界。这种执着地收集和储藏物件的行为叫作囤积，而囤积物件的人则称之为囤积者。据说，这全都始于一种名叫“储藏强迫”的精神障碍。那些被“所有物”占领的人们是如何变成这样子的呢？也许，他们并非一开始就有储藏强迫症；也许，他们是为了抚慰或隐藏自己从某处受到的伤痛，才将无数的物件作为盾牌。

“还能那样生活啊！”犹如初次窥探别人相册似的看完这部纪录片

后，我环顾四周，发现我们家的问题也不小。越来越多的家当、书、玩具、衣服……之前，托频繁搬家的福，我还迫不得已扔掉了不少行李。可自从六年前搬到延禧洞之后，就再也没有像那样扔过东西了。

想来，我自从搬到现在住的这个家以后，连扔掉一双袜子、一条短裤的记忆都没有。这些年，我的东西既不那么结实也不那么陈旧，没怎么开裂也没有破洞，我也只是偶尔修理或购置一些家电而已。如今，我感觉我的家快要被挤爆了，家中每面墙都被书和玩具填满，衣柜、被橱、收纳箱等也都被各种各样的东西塞得满满当当，连门都没法顺利关上，那些没能归位的衣服、书和杂物甚至还在地板上流浪着。

尽管如此，我依然没有一件要扔的东西。我总觉得如果这个或那个不见了会很可惜，所以即便是现在不用的东西也都没有丢弃。更何况，我的每一样东西都能让我想起我和它之间的故事。到底应该扔掉什么呢？我也是囤积者吗？

这样可不行。我打开衣柜，把装袜子的袜筒倒转过来，将常穿的袜子和不常穿的袜子分了类，发现原来平时不穿的袜子有很多。虽然之前也想过扔掉它们，但最终还是拖到现在都没扔。对，如果只是一双袜子，貌似还是扔得掉的，不然就再穿它一次，然后毫不留恋地扔掉吧。从袜子开始，试着在一年的时间里每天扔掉一样东西，最大程度地过没有束缚的生活吧。而对于完好无损的物品，如果还是会犹豫要不要果断放弃，那就每天将即将亲手送走的物品记录下来再扔吧。这样就有扔掉它的理由了。2013年4月22日晚11点，我突然就这样从袜子着手，开始了每天画出并记录一件物品然后再将其扔掉的“一日一废”工程。

宣贤京

2014年5月

1 2 3 4

MUNGYO
PASTELS

目录

Kamistad®-Gel

HAPPY
HAPPY

4月22日—4月30日

决心：

感到太多的时候

我好像总是在下决心。这个月不应该喝酒啊！得戒烟啊！每天运动吧！好想写本帅气的童话啊！朋友对这样的我说："求求你现在不要下决心了，就接受这样的自己吧，为什么要许下无法遵守的诺言来折腾自己呢。"是啊，每当决心轰然倒塌，我都很痛苦。是我让自己失望，让自己变得无力。不过，下决心本来就是这样，刚开始时总想着一定要遵守诺言，也认定自己能够兑现，不觉得自己可能实现不了。也许，正因为我每次下定决心要做某件事，不知道为什么都失败了，所以才会不停地下决心吧。

虽然下定决心后关键要看能够持续多少天，但我无论什么时候，无论下什么决心，只要它不伤害别人或使别人受损失，我都觉得自己是对的。所以，我又再次下了决心。这次是：扔掉吧！当我开始觉得自己拥有的东西太多、当那些东西紧紧包围着我让我开始觉得透不过气来、那些貌似我现在不用今后也不会用的东西老在我眼前晃时，那么无论是旧袜子还是什么，得马上扔掉一样了。因为即便是什么也不会扔的人，只要能扔掉一样，那么将来就能扔掉其他的东西。

4月22日

曾经为月刊《好想法》写稿收到的礼物——黑袜子

去年秋天，一位和陕川男子结婚后常住陕川、名叫郑允的朋友来我这儿玩。她去年之前一直住在延禧洞，如今却说自己是陕川女人，还说虽想念延禧洞但觉得这里很吵。的确，首尔就是噪音城市啊！那天，我穿着黑袜子，和这位好久未见的朋友一起喝啤酒，听她讲这样那样的新婚生活。她的脸上满是幸福。不知是不是托了朋友的福，当我脱下黑袜子将它扔到垃圾桶时尽管心里有些难过，但也许是因为和朋友喝了啤酒，觉得连扔袜子也很浪漫了。再见，黑袜子！不过就在我这样和一双小袜子依依惜别的时候，我们家那位同居者订购的物品竟然到了五件。什么呀这是？

4月23日

黄仁淑老师送给我的礼物——豹纹袜

在一个淅淅沥沥下着雨的清晨，我准备去练瑜伽。穿着要扔掉的袜子和想要扔掉的短裤，心情很不好。不知为什么，竟觉得身体成了垃圾。不能一天穿两件要扔的东西呀！顺便说一下，这袜子穿上后看着很漂亮！之前为什么没穿它呢？因为穿着这双袜子度过一天就会觉得脚扎得难受，它就好像容貌美丽却性格恶劣的姑娘！真的，一到晚上我就想将它和我的短裤一起扔掉，而今天感觉像垃圾一样的心情也飞向了某处。爽！

4月24日

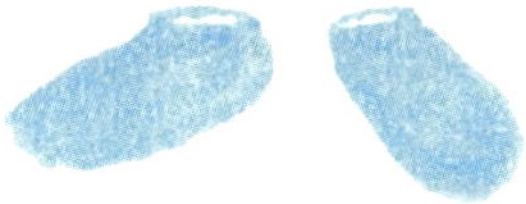

在“好市多”购买的五双一捆的超短袜

走着走着，袜子就会滑下一半。

就好像人高马大好端端的青年掉了螺丝一样，松垮垮的。

4月25日

灰条纹的黑色长袜

从加拿大游玩回来的堂哥给女儿带的袜子，女儿说她不穿，又把它给了我。因为是新袜子，扔了有些抱歉，不过它就像只臭鼬，所以无论如何也不能留。

臭鼬袜子，你让我的腿看上去也太肥了啊！

4月26日

粉色波点套鞋

今年春天，第一次和丈夫一起到洞山散步赏樱花的时候，我穿着它出门了。丈夫一看到这双套鞋就说：“呀，这个真得扔了。”

4月27日

印有“好想法”LOGO的粉条纹灰袜

我对朋友说我要写袜子离别日记，结果收到的短信是“今天穿了什么袜子”。不知为何，我竟莫名产生了浓浓的恋袜子愁绪。这双袜子因为印上了LOGO，所以我不怎么穿。我从小就不喜欢印有公司LOGO的物品，尤其是印在毛巾上的××乡友会、××银行、××同窗会等字样。它们似乎是贫穷的见证，因为意味着东西不是自己买的，而是将别人给的拿了回来，就好像在大声说这是免费的，很丢人。不过，不像免费的免费品就挺好。如果家中挂着什么LOGO也没有的毛巾，不知为何就感觉自己好像成了富人。

4月28日

巴黎水瓶、苹果汁瓶、伏特加瓶以及尊尼获加蓝牌威士忌瓶

如果将很漂亮的玻璃瓶子擦得干干净净，心情不知为何就会变得非常好，所以我在餐具柜中最宽的一格装满了空瓶子。再也没有可容纳的空间，我只好在别的角落，这里那里继续堆放。打扫庭院时，我挑出水培用瓶中重合的瓶子，扔掉了11个。就在我扔它们的时候，大脑中充斥的想法也只有一个：不然，不扔了？将空瓶子擦干净后，将花或树枝放进去不知道多好看呢。而且看到植物从土中被转移到水里继续茁壮成长，那感觉简直太奇妙了。不过，由于不知哪里又会出现漂亮的空瓶子，所以我也不能一直持续地收集。今天我是光着脚进行大扫除的，所以没有要扔的袜子。取而代之的是这些亮晶晶的玻璃瓶子啊，再见了！

4月29日

“好市多”成捆袜子中的一双紫色袜子

最近，关于“消费”的纪录片变得多了起来，例如《囤积者》《消费物品》《地球这样真的好吗》等。如今的我们，即使物品用腻了也不撇弃。由于这个世界的到来，地球上充斥着垃圾，它开始生病了。所以我总是对被扔掉的东西心怀歉意。平时时间不够，所以丈夫主要通过网购来买东西。那些物品被包装得严严实实，然后送到我家。东西都很好，不过问题是，外包装的体积比物品本身更大，而且结实的快递箱子里十分干净的塑料气泡膜我也没有扔。如今，即使我们不再收集塑料气泡膜或箱子，家里已经有的也够多了，而且我根本就无法将它们扔掉。这样的话，即使每天扔掉一样也没什么用，因为它就好像一个无底洞。不过，还是应该扔掉的吧。慢慢地，一天一个。今天，我穿着要扔的紫色袜子做了意大利杂菜汤，然后将冬天搬到室内的花盆搬回到院子里。啊，春天来了。

4月30日

小乖乖袜

四月初，我种了罗勒。每年我都在这块土地上种植罗勒，但不知何故，今年的罗勒竟然全都死掉了。是因为土壤的原因吗？春天耕了地，那里变得十分肥沃，有肥料就应该不会出现什么问题呀，难道是肥料太丰富了？再好的东西，倘若过了量就会适得其反的啊！我穿着不知何时在梨花女子大学前买下的可爱袜子打扫院子，并在罗勒死去的地方重新种上了香草。希望它们这次能够好好成活。

5月1日—5月31日

犹豫：

担心连记忆都消失

我的每件物品，都有它到来的理由。因此尽管搬了几次家，但我到现在还是不能舍弃，并将它们整整齐齐地囤放在一起。虽然也想着“难道一定要这样抱憾生活吗”，但我只要看到一件物品，就会想起它当初为什么来到这里。从某天开始，我决心每天扔掉一件东西，这样一来，它存在的理由就好像原本不存在一样全部都消失。难道我可以选择将和我同甘共苦的物件从心里抹去，抑或不抹吗？我常常会在要舍弃的关头变得犹豫不决。我担心一旦扔掉，那么和它相关的所有一切就会随之消失。其实，即使扔掉某件物品，我还是希望能够抓住些许和这件物品相关的记忆。所以我才用文字和图画将它们记录下来，而且这项工作也有助于应对我的犹豫不决。

今天，我想起了保险大叔的话。我曾经为要不要换新保险犹豫不决，保险大叔对我说了这样一句话：“它只是保险而已，不要对它赋予感情。”我就是这样，无论对什么东西，只要动了真感情就再也无法轻易割舍。不过这是感情呢，还是迷恋？和人相处也是如此。只要动了真情，哪怕再细小琐碎的事都会很上心，所以才活得辛苦。不过，无论是什么，一旦扔掉了，和它相关的记忆都会被遗忘，那就算不上回忆，充其量只是回忆的错觉而已。因为是回忆就不会如此轻易地被忘记。回忆这东西，它即使安安静静地躺在那里，也会因入侵的空气和香气而复苏。那些哪怕是一丝风、一角风景都能将其毫无预兆唤醒的才是回忆。所以，扔掉也无妨。

5月1日

“好市多”成捆袜子中的一双

在女儿的学校陪考时，我收听了一位咨询师朋友、延禧洞的一位老师作为固定嘉宾出演的“黄尚民的大国民咨询所”节目。我忽然想到，大家不都是在为自己已经知道答案的问题而烦恼吗？只是因为讨厌那个答案或无计可施所以烦恼加深了，不是吗？对任何人来说，摆脱烦恼就是为了听到自己想要的答案，不是吗？女儿的考试结束后，我们一起去看了《钢铁侠》。果然这种电影有本事让我什么都不想地莫名开心，在看电影的期间，我对烦恼的断想也就这样消失得无影无踪了。

5月2日

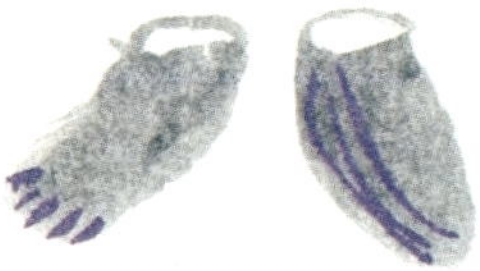

粉红条纹船袜

今天我穿着粉红条纹船袜见了和我同龄的高中时期的朋友们，因为是和孩子的妈妈们见面，所以谈话内容全部都和孩子相关。其实，每次进行完这样的谈话，我都不知道如何抚养孩子才是对的。妈妈们一边说要培养孩子的自立意识，让他们能够好好独立成长，一边又给予孩子无穷无尽的帮助。当孩子自己打算做什么的时候，不是应该放手让他去干吗？独自思考、独自感受、独自决定才是“独立”，不是吗？难道认为相信女儿、让女儿放手去干、自己只在一旁守护是上策的我太自私了？和朋友们聊天之后，就会发现虽然我们的理想是相同的，但实践过程却千差万别。培养小孩，尤其是打着让孩子独立活下去的口号培养小孩真是件难事啊！每每想到这里，我都会向妈妈致敬：“妈妈，谢谢你！”

5月3日

白袜子

白天，穿着不知通过何种途径来到我家的白袜子参加出版社的画册书展（“事和人”系列），就这么找到了光化门画廊（因为出门时手机落在家里，不知如何是好，不过最后问题总算是靠着亲切的出租车司机大叔的智能手机完美解决！是不是得说一句，这就是最尖端城市的智能生活）。晚上，和延禧洞的朋友们觥筹交错。前去见朋友真是一件愉快的事。因为工作的事情，我先见了作家们，即使大家互相之间有些没达成一致的地方，我也不会坚持己见，更不会争吵，只要稍后去和朋友们见面说一通即可。只要存在一处交流顺畅的地方，我就觉得很舒心、很幸福了。

5月4日

院子不知怎么就满了

整整一天我都光着脚，所以没有扔袜子。妈妈带来了丁香花、紫罗兰和一种葱。我现在已经开始觉得每天扔掉一样东西很难了啊！如果不扔袜子而是扔其他的东西，就得先整理家中然后再去找。犹豫过后，我今天决定不扔东西了，我就和妈妈一起在院子里种花，期间还想起小时候妈妈用心栽培的公寓前面的小花坛。原本那花坛之中只有普通的树，到后来，家门前就长出了各种颜色的漂亮花朵。那时的妈妈被称作花店阿婶，而我则被叫作花店闺女。

5月5日

丈夫说穿着不舒服的灰色短袜

今天扔的是丈夫说穿着不舒服的灰色短袜。

今天是父母节，在和父母吃完饭回家的路上，我买了西红柿、辣椒、生菜、苏子叶、韭菜、芥末、当归等。“啊，我为什么要这么自讨苦吃呢？”去年，我第一次品尝了自己亲手种下的西红柿，第一次的感觉很奇妙，是某种自给自足的心情。每天看着小西红柿一点点成长，最后一下子吃掉，又觉得这个行为很残忍。不过，这只是第一次收获时的心情！之后我将硕果累累的作物进行了收割，秋天收获了西红柿。当我摘下西红柿将它做成番茄酱时感到十分开心，周围的乡亲们也为我感到骄傲。此外，我还将我研制的番茄酱送给朋友们一同分享，更是觉得心满意足。我将自己土地上培养的东西制成了产品，同时也体会到了物品传递的那份珍贵心意，这是一种朴实的开心。所以，我才有当农夫的朋友啊！

5月6日

女儿小时候穿过的白色长袜

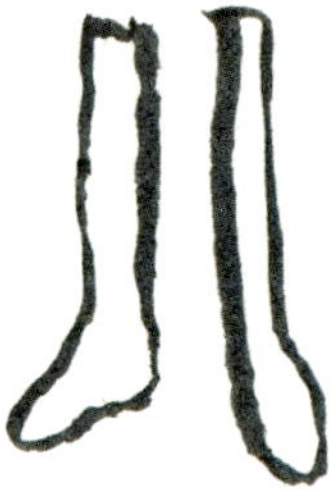

看着地板上四处散落的书，我决心买个书柜对其进行整理！首先，我得把那些书都插进去，这样才能挑出要扔的书。因为书柜即将进入家中，为了扔东西，这双白袜子是无论如何都得从我家出去了。

5月7日

无论袜子还是什么都无法抛弃的一天

昨天工作到很晚，今早做完早间瑜伽才回来，因此整整一天我都困得不行，什么也做不了。昨晚听电台节目《郑烨的蓝色之夜》中任景善的恋爱资讯，其中有一句话至今还在我耳边回响：“世界上没有所谓的坏男人，只有不爱我的男人。”是啊！周围并没有坏人，只有不关心我的人。

5月8日

《新闻周刊》、广告传单、小手册以及书和箱子

明天书柜就要进家门了，可我却没什么要扔的书，顶多也就是几本以前的杂志。之前，我也处理了几次不需要的书，但每次处理时都觉得“好冤啊”。买书时那价格是多么昂贵，可卖出时却如此低廉。而且每次将书果断处理后，我马上又会后悔：“啊，那本当时就不应该卖掉的啊！”我央求老公尽可能地少买书，可他今天还是买了书。也许我就应该打从心底相信自己是无法阻止老公买书的。“求求你，不要再买书啦！！！”

5月9日

没扔，甚至还添加了东西

因为是光脚做瑜伽，所以今天一双袜子也没扔，还意外收到了瑜伽老师的礼物——天蓝色T恤！啊，要过上每天都能清出一件东西的生活真的好难啊！从明天起，我就是彻底地大扫除也得找出袜子之外的东西来。到底别人在生活中是如何处理这样那样堆积起来的物件的呢？真想问问大家为什么需要如此之多的物件。也许我是觉得将完好无损的物件扔掉会觉得不安、可惜，会觉得自己有罪，所以才会将它们堆积在书柜下或者地下室的角落，任其布满灰尘吧。其实，该用的就用，该扔的就扔了吧。

5月10日

和女儿一起穿过的白袜子

话说决定每天扔一件的日子还没过多久，没扔东西的日子就渐渐多了起来。现在，我每次穿袜子就会很开心。今天下雨，穿雨靴就一定得穿袜子。于是，我穿着到脚踝以上的袜子，和小区的朋友们一起去见了踢踏舞老师，并决定从今天开始学习踢踏舞。我觉得用优美的舞步跳踢踏舞是我离开这个世界之前一定要尝试的事。尽管有些担心，但在年纪变大，在心脏衰弱之前一定得学踢踏舞。最后，谢谢白袜子！因为你我才拿出了勇气！不过这么看来，早晚又要添加一件物品了——踢踏舞鞋。

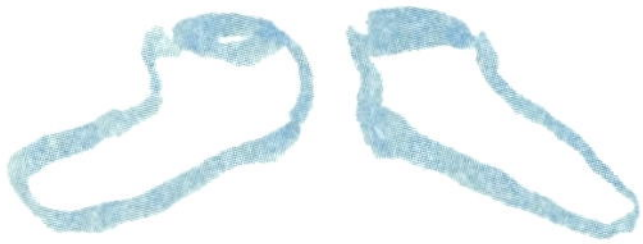

5月11日

印有LOGO的袜子

因“事和人”系列中的一本画册《我制作的衣服怎么样》，我获得了和孩子们见面的机会。和孩子们一起做事真的很有趣，他们说话的声音很好听，朴实的画作也很好看，只是一旦和父母一起做，就会变得很辛苦。因为与其说父母是在关心他们，还不如说他们是在对孩子进行过度干涉。他们对孩子指手画脚，掺和一番之后又说：“好了，你自己一个人画吧。”我是否也曾以帮忙的名义，对女儿要独立做的事情进行过肆无忌惮地干涉呢？

5月12日

酱蒜薹和番茄酱

在冰箱的一格，两桶酱蒜薹和番茄酱占据了很大一片空间。它们不是不能吃，而是别人都不吃只有我在吃。去年，我在将它们分给几位朋友时特地留下了一些，可我们家人都不怎么喜欢，尤其是番茄酱。去年晚秋时分，我们家院子里结了许多西红柿，吃不完，扔了又可惜。我万分沮丧，却又无可奈何。将吃的东西扔掉，那心情感觉像是在犯罪。对不起，酱蒜薹和番茄酱。

5月13日—5月15日

过脚踝的白色长袜和朋友从泰国买给我的短裤
过脚踝的侧纹袜子
到脚踝的白袜子

我带上穿一次就要与之分离的袜子，和延禧洞的朋友们一起去见陕川的朋友，顺便进行三天两夜的春游。这种不是和家人而是和朋友一起的旅行，又会有多少次呢？

来到陕川，这里空气、田地、树木和夜空都很好，但朋友更好啊！我不知多羡慕这位年过四十，从归农、结婚到怀孕的朋友景熙。景熙就是之前介绍过的，和陕川小伙子相识结婚的作家。

陕川的夜晚黑暗而静谧，但早上耀眼的阳光射向我睡觉的地方，不知不觉就将我唤醒。夜晚，繁星满天；早晨，阳光满溢。大家一起在路上行走，1200岁的流苏树下，隐约有香气流转；海拔1200米的黄梅山上，我们看到了杜鹃。以前没兴趣看的山如今也觉得美丽了，感觉花儿像花儿，连感情也像花儿了。难道我也到了赏花的年纪吗？还有，与英京姐姐弹奏的尤克里里（一种拨弦乐器）那朴素美丽的声音十分相衬的第二个夜晚，再见！

5月16日

泰国制造的大象图案的裹裙

当我向英京姐姐透露我每天扔一件物品的计划之后，她问我其中是否也有长裙子。当然，我找过之后发现还是有的。幸好对某些人来说是必需品的东西对我来说却并不那么必需。这件裹裙我在泰国就只穿了一次，之后觉得扔了挺可惜，所以将它好好地放在抽屉里了，原来它的主人另有其人啊！可是，短暂的旅行也会有后遗症吗？我因为闪了腰去医院，先是淤血后来是浮肿，即使一直绑着，也没有任何疗效。

5月17日

怪异的艾米莉新袜子

怪异的艾米莉（Emily the Strange）袜子是有一次女儿说喜欢所以我随大流买来的，可现在无论如何也没法穿了。那时买的衣服，尽管给女儿穿过，但书包、钱包或袜子之类的东西，即使去年捐了很大一部分到跳蚤市场，还是有些新的被我留到了现在。还是把它转移到英京姐姐那里吧。我相信这些上面挂着各色丝带的袜子，姐姐也一定能够轻易消化。

5月18日

相机T恤和连帽T恤

虽然这是丈夫的衣服，但我还是决定送给朋友。今天因为腰部动弹不得，我去了一趟康复医科进行痛症会诊。躺在一张奇怪的床上，尽管我的身子被敲得咔咔直响，我却一点儿也不觉得疼了，真神奇！

5月19日

皮帽

虽然已好久没准备生日礼物（决定生日只制作生日贺卡已超过五年），但我也曾有过每当丈夫生日来临就莫名苦恼的时期。丈夫喜欢保罗·史密斯（Paul Smith）这个牌子，也喜欢帽子，所以我买下了这顶帽子送给他。一句话，失败！戴着这顶帽子的丈夫看着就像个乞丐，像个露宿街头的人。如果我的头发再长一点儿，如果我也喜欢帽子，我就可以戴着它。不过，还是送给喜欢帽子的敏京好了，希望她戴着千万要合适。

5月20日

黄仁淑老师送给我的礼物——猫咪袜

其实这双猫咪袜早已很旧，早就该扔了，可是因为我喜欢，所以依旧穿了又穿。我穿着猫咪袜正式去学踢踏舞了，嗷！就这样，我一边和喜爱的袜子道别，一边开始了我的踢踏舞生涯，感动！尽管踢踏舞比想象中复杂，舞步拧结感觉很难，但我还是想认真学学。人生太长，所以要试着做一两件自己想做的事情。以后我还要学洋鼓，还要练习尤克里里。我发觉每天扔一件东西并将它记录下来让我在买东西的时候变得比以前谨慎了。只要想到，这个东西不会很快就进入要扔的名单中了吧，那么想要占有什么的欲望就会慢慢减小。

5月21日

体育文胸、连衣裙、花纹衬衫

这些全部都是我一年前从优衣库买来的新衣服，明明很漂亮，却还没经手就到了敏京那里。这大概就是所谓的垃圾衣服吧。它们的价格不贵，所以尽管不是必需品，但还是没经过思考就买下来了。正因为不是必需品，所以也没穿。而且由于价格便宜，所以也没有负罪感。这就是问题所在啊！现在，我正练习考虑两次之后再买东西。

5月22日

围巾

今天，我到弘大前面那条街逛了一小会儿。由于家里的围巾被我挑出来送给了朋友，导致我差点又买了一条粉色的，还好最后强忍住了。其实这并不是自己特别喜欢的颜色，但不知为什么就觉得看上去那么漂亮，不过我决心不再做只是因为漂亮而买下来的事了。“一日一废”工程送给我的礼物就是让我过上了尽可能不破费的生活。之前我将围巾送给敏京，而从她那里收获了西红柿、生菜、辣椒等。之前的我可是一直都在勤劳地种地呢，现在应该可以停止了吧。

5月23日

高过脚踝的薄荷色袜子

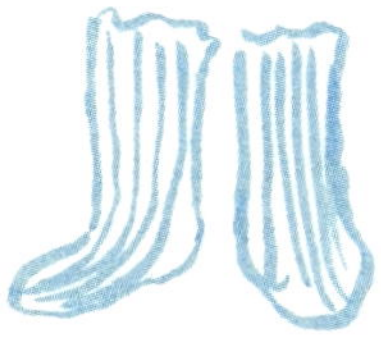

将妈妈从自己家里带到我家的物件扔掉尤其困难。这双袜子是妈妈从家里穿来的，其实已经旧得哪怕马上丢掉也不可惜，但它在我家袜筒里却顽强地坚持了好几年。我之前并不知道，原来这是爸爸的袜子。它让我想起总在四处找袜子的冒失鬼爸爸，喜欢让大个子女儿坐在自己膝盖上的爸爸，放屁了就风轻云淡地让大家看天空的爸爸，看着在寒冷的天气里那快要冻坏耳朵的我嘿嘿傻笑的爸爸，不怎么生气、总是呵呵笑的爸爸，有很多爱、感情丰富、像傻瓜一样的爸爸。我想起了爸爸的袜子，再见！

5月24日

1996年在加拿大蒙特利尔买的包袱模样的布包

其实我到此刻都还在苦恼要不要扔掉它。这个包包是我在加拿大结束留学打算回家的某一天，给家人买礼物时发现并买下来的。我非常喜欢它，把它用到带子磨破，布都加了一层。尽管已经好久没用了，但我还是不忍舍弃。也许是因为，每当我看到这个布包，就会想起和这个飘飘晃晃的布包一样，在蒙特利尔度过的那段辛苦迷茫的时光。如今，是时候和那段岁月、和这个布包告别了。

5月25日

做成玻璃瓶装饰的女儿的袜子

我真的不太会扔东西啊！今天，我将女儿这双做成了玻璃瓶装饰的、上面有一胖一瘦熊猫的袜子扔到了垃圾桶。最近，每当我将要扔的物品一件一件画下来并扔到垃圾桶时，都会产生莫名的快感。我要养成尽最大努力扔东西的习惯。Strike！Shoot，球进！

5月26日

黑色吉卜赛裙，从心里扔掉

因为女儿说要打底裤和素色半袖T恤，所以我去了趟梨花女子大学的前门。在那里，一件黑色吉卜赛长裙忽然映入我的眼帘，它只需一万韩元。如果是以前，我一定会买下它。但现在，我却说着“不能这样”，果断地将它舍弃。女儿想买袜子的时候也是这样。当我说“你不知道我最近在扔袜子吗”之后，就能马上停止购买。今天是“一日一废”工程帮了我大忙的一天。回想一下，之前不经思索的浪费该有多少回啊。我记得明明就有两件以上类似的裙子待在我的衣柜某处，明天得去翻翻才行。

5月27日

感觉毛毛糙糙的天蓝色条纹袜

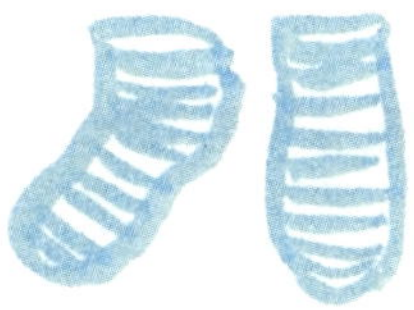

今天扔的是这双条纹袜。

最近我们家院子里的玫瑰，开得无比艳丽。

5月28日

绝对不是我买的白袜子

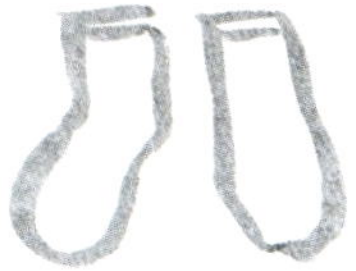

今天扔的是这双白袜子。

踢踏舞和想象中一样不好学。由于我平时非常享受蹩脚的舞步，所以舞步貌似更加蹩脚了。尽管如此，哒可哒、踢踢啪啪、咯噔咯噔……在我脚下，舞步声响起。

5月29日

玻璃瓶里的啤酒瓶盖和红酒软木塞

我果断清除了在厨房角落占据了很大空间的两个玻璃瓶。那里面都是我们一起喝过的啤酒瓶盖和红酒软木塞。所幸即使扔掉了物品，与之相关的记忆和回忆还能够留下来。

5月30日

女儿小时候爱玩的调羹等

女儿小时候用过的餐具和调羹等塞满了抽屉，因此，除了她最爱的一个调羹和一双筷子，其他的都被我一股脑儿全扔了。虽说这些是当初为了回忆而收藏的，但自从女儿一眨眼长大之后，就再也没有将它们拿出来过一次。所以仔细想想，那只是我一个人在勉强回味那段日子罢了。如果不会再用，就扔掉吧。谢谢它们在女儿的童年时期为她制造了快乐的餐桌。不过，今天参加完图画书作家的聚会后，我又头脑一热买了一些物品回来。我辩解道，这不是还有买东西的余地嘛。难道过上一天什么都不买的日子真的不可能吗？回家的路上，我摔倒在地，不禁叫出声来。特地穿着好久没穿的高跟鞋出门，原本打算帅气一回，没想到却搞得遍体鳞伤。

5月31日

弟弟从中国买给我的烤箱手套

读了近藤麻理惠的《怦然心动的人生整理魔法》后，我决定扔东西的时候不再折腾。如此一来，我的雷达网中抓到的第一件物品就是这个鱼形手套。由于它太大，所以我既没怎么用它也没扔掉它，想着或许以后会有用得着的一天，所以在家一放就是好几年。近藤麻理惠说，先扔掉吧，将来即使用得着也一定能够找到别的替代品！也许扔了鱼形手套，将来反而能过上更有创意的生活呢。不过，买的书不在要扔的物品范围内。我决定将买来的书想象成食物，想象书就像食物那样在我腹中累积。阅读之后，如果它也能像食物一样在身体里慢慢消化吸收则极好。

6月1日—6月30日

不安：

想扔掉时深深盘踞在心中的占有欲

为什么开始扔东西？虽然也有理由，但它其实只是一个借口。我开始感到不安，会不会是我们想在扔掉东西之后，用新的东西填补这个空缺呢？结婚已超过15年，这里那里自然会出现想要换掉的物件。首先，沙发让人眼馋，床上用品也想重新购置，还有老式冰箱，里面的收纳空间不够了，没法好好整理，而且烤箱太小了，想做个火鸡都不行。真的是这样吗？买了帅气的沙发就会更加用心打扫卫生了吗？盖着新被子就会睡得踏实、做个好梦吗？冰箱如果是新式的就会常常将它清理得干干净净吗？有了巨大的烤箱就会每天制作美味的料理吗？

生活习惯是不会因为物件而改变的，即使买了一口做西班牙大锅饭的锅，也不见得就会每天做西班牙大锅饭吃。而我，甚至根本就不会做饭吃。如此，我扔掉物品的理由也是为了哪怕是从现在开始，也希望自己的生活里只拥有不可扔的东西。我们不要再做那种扔掉一件垃圾又再买回一件垃圾的事了。法国哲学家米歇尔·毕奇说过，如果我们想尽可能地避免扔东西，就得将它想得与众不同。他说我们要对物品尽责到最后，尽可能去修理和维持，这样我们就能感到长久维持这种关系的珍贵之处。所以我再次轻轻拍打着我的旧东西："我的物品啊，我们一起好好活下去吧！"

6月1日

什么也没扔

要扔掉一些物品就得整理一下某些地方，所以这周打算暂时歇一歇，何况几天前我才刚刚结束一本书（其实进行中的工作更多）。扔个东西就觉得这么辛苦了，如果是清空内心或整理人际关系，那该会有多累呢？最近，我开始因突然变得复杂的人际关系感到吃力了。那些也有必要整理一下了啊！

6月2日

在“好市多”买的不成对的蓝袜子和紫袜子

现在袜筒慢慢开始见底了。我打算和想跳绳的女儿出去散一会儿步，想都没想就穿上了不成对的袜子，看上去还蛮像个时尚明星呢！果然人在没有创意或创意不足的时候会才思泉涌，因为要解决现状就得榨干脑袋去想了。

6月3日

我的皮肤

几天前因摔倒导致手臂受伤，由于伤口总不见起色，所以去了一趟医院。结果医生说有炎症。对策？丈夫每天都一丝不苟地替我消毒、涂软膏，可归根结底原因还是在于酒。当我连续三晚都说热的时候、当我出书的时候、当我口渴的时候所喝的啤酒和马格利酒在侵蚀着我的伤口。现在没什么要扔的，就扔皮肤吧。在新皮肤长好之前，每天都得出入医院。我想伤口好的时候，一定会有刺痛和痒的感觉吧。一个小小的擦伤就让我如此折腾，下次如果受伤了，一定无条件立马去医院。当然，也绝对不喝酒了！

6月4日

电脑的麦克风和耳麦

机器变得太快、更新得太快、淘汰得太快了。这两样东西，我已超过一年没再用过。将来即使有要用到的一天，想必也会被我当成老掉牙的垃圾吧。

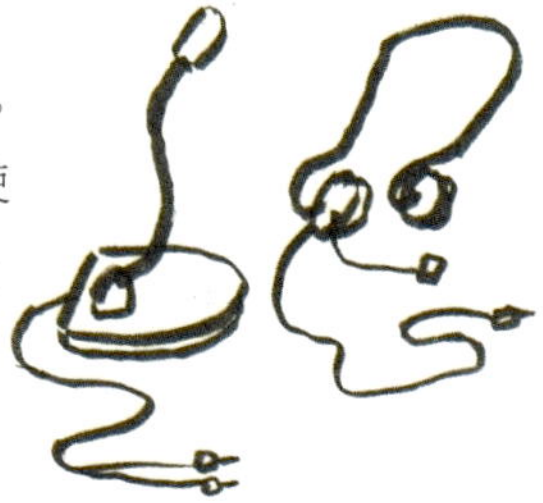

6月5日

山寨版的古驰白袜和天蓝色袜子

在踢踏舞的课堂上，穿着不成对的两只袜子，会有种时间也不同了的感觉。踏出右脚时感觉像昨天，踏出左脚时感觉像今天。今天学习的舞步是：空—哒哒、空—哒哒、空—哒哒—空、空—哒哒、空—哒—哒—哒蓝—哒蓝—叽益—空。

6月6日

貌似是老公的白袜和带有橡皮筋的灰色袜子

为什么袜子只剩下了一只呢？洗衣服的时候只放了一只到洗衣机，想着下次再找剩下的一只就行了。不过，我也只是这样想想而已。若是自己喜欢的袜子，我会费劲心思找到它，反之如果不是太感兴趣的袜子，我就会任另一只放在那里。其实，对人对事也是这样：倘若没有好感，就会自动忽略。

6月7日

什么也没扔

在什么都没扔的日子，我发现自己竟然会感到不安，竟然会担心自己拥有什么。这是什么感情呀？一个月前，我突然接到了二十多年前高一班主任的电话。因为《职场人的日子》一书，她在电话中拜托我，问我能不能回母校给孩子们讲一讲我的职业故事，所以我今天去了学校。班主任说我刚毕业上大学那会儿真的很特别、很年轻、很漂亮。我也走到了今天啊！我想起以前上高中时，来学校的前辈们微笑着让我们用心学习好好读书的样子，貌似已经没有烦恼的他们对着烦恼中的我们装出很有出息的样子。那时我觉得他们真讨厌啊。我担心现在的自己在孩子们眼中也是这样，所以很有诚意很努力地做了准备工作。不过结果看来还是与我无关。也是，他们现在还不是听得进成人的话的年纪，也许只有经过了那个阶段，人才会成长吧。我也不能忘记，我也曾有过那样的时光。

6月8日

几幅画

目前，我正在为关于房前屋后的故事书画插图。在同作家、编辑和设计师见面讨论修正事项时，我才知道自己把辣椒叶的模样、红薯茎的方向、马铃薯的根都画错了。画错就成别的农作物了。原来，我想象中的农作物和现实中的农作物差别竟然如此之大。之前真该留心观察平时写生时看到的农作物叶子，真该好好地、一个一个地按照根、叶和果实的模样来画。可现在也没办法，几幅画全部都得扔，得重新画了吧。虽然很辛苦，但还是学到了很多东西。

6月9日

大爆炸，乱买！

丈夫的艺术图册在Corners出版了，因办公室要开店所以去了钟路。在艺术打印的地方，丈夫和女儿因为打印画作站在打印机旁，而我……怎么说呢，在买自制香草。买了香草，之前抑制住的什么（欲求）是爆炸了吗？之后，我又在附近的小商店买了塑料布（在荷兰因为皮肤的缘故，忍着没买，原本在那里就想买来着。买之前先思考两遍吧），然后到明洞买了连衣裙，真是煎熬。最近的我要完蛋了吗？啊啊，买就买吧！可我还是想辩解：决定每天扔一件东西而已，又不是禁止消费。真心希望今后的我不要再像往常那样消费了，并能每天用心地、顺利地扔一件东西。

6月10日

印有猫咪和太阳图案的连帽棒球夹克

我想起妈妈第一次将这件纤维材质的彩绘衣服拿出来时的情景，当时她的表情调皮里带有些许苦涩。“我也是没办法才买的这件衣服，是西班牙作家亲自画的呢，你要穿吗？”我偷偷看了一眼，它貌似很昂贵。尽管它异常华丽而且非常帅气，但我却拿不出勇气来穿。我担心妈妈也许以后会想再找出来穿，所以就说我要了。之后，这件衣服就这样在我的衣柜里、在我的衣架上，一挂就超过了五年。假设是在西班牙，我能穿着这件衣服在大街上昂首阔步地行走吗？妈妈怎么会想到买这件衣服呢？

6月11日

驾驶时用的紫色方框眼镜

这是六年前为了放在车中使用所配的紫色眼镜。不知六年前的我是怎么想的，竟然挑了这个颜色。原来人的口味也可以如此多变。当时的我十分开心地戴着它飙车，可如今怎么看怎么奇怪。我觉得我是不会和戴这种眼镜的人做朋友的，可能当初是因为便宜才买的吧。我总为不因设计而因价格做出的选择后悔。

6月12日

女儿的粉袜子

去跳踢踏舞的日子总是很开心。我今天学习的舞步是三拍，利用鞋头空哒哒，利用脚后跟和鞋头砰哒哒。本来舞蹈就有点儿难，然后天气还突然变热，这样就更辛苦了。尽管一早就穿着粉红色的袜子在内心期待着，不过还是没能拿出“粉红皮鞋”的力量！

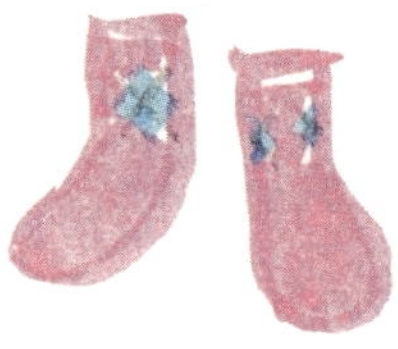

6月13日

出故障的扫描仪

物品也能像照片一样勾起人们的回忆。今天，借给少爷的兄弟牌缝纫机又再次回到了我这里，而我扔掉了一度为我努力工作的扫描仪。以前每次搬家，我都带着这台已寿终正寝再也无法使用的扫描仪。我会用画儿留住对你的同志之爱的。

6月14日

三星有线电话和摩托罗拉无线电话

我们家只有这两台样式很旧的电话，而且电话坏了也从没扔过。这两部电话自从功能升级后就变得毫无用处。我有种被机器控制的感觉，不知今后我们还会增添多少这样的物件呢？

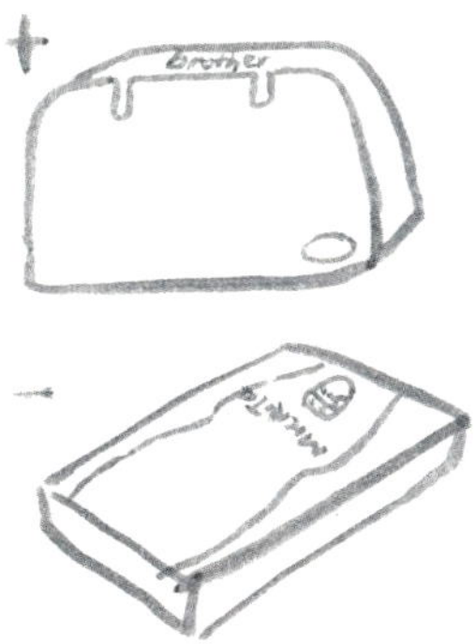

6月15日

一天都在外头，所以什么也没扔

去年年末，我、黄仁淑老师和智英三人号召我们各自的熟人组建了一个流浪猫小组。这是一个坚持出些小钱为流浪猫做些事的小组。因为会员中有编辑，所以他今天和我们仨见面，提议出一本关于猫的书。不过，由于我们大家都被各自的工作日程所牵扯，要腾出共同的时间去出书看起来绝非易事。当然，做编辑的其实也不会仅仅因为自己的意愿就出一本书。他说，最近实用型的书是大势，就连文学书也只有被电视剧化或电影化的那一类好卖。这是一个逐渐丧失想象力的世界，什么都要求有立竿见影的效果。我们眼睛所看到的并不是全部。我想如果我觉得这是我的，那么它就有可能会成为我的。我的想象力是不是太丰富了？

6月16日

丈夫的天蓝色短袜

最近丈夫和女儿因为我的缘故没袜子穿。而我发现，除了因又旧又短穿着不方便而扔掉的袜子之外，家里还有好多好端端的袜子，多得都快没地方放了。为什么我老想买袜子呢？以后，无论如何都不能再买袜子了。

6月17日

今天还是没扔什么

我和丈夫的胆固醇指数都偏高，于是今天一起出门去了趟医院。所幸医生说我的胆固醇还行，好好注意不要让它增高就好，但丈夫就得服药了。不久前，我们还将车检查了一遍，发现雨季之前一定得换轮胎和雨刷。家里的冰箱也用了很久，逐渐开始老化出故障了。也许时间一久，人和物品都免不了要修整。谁也不知道我们能活到什么时候，所以我们既然活着，就要好好疼惜自己，还要像疼惜自己一样疼惜别人才行。一个人过得好有什么意思呢？和周围人一起过得好才算真的好。

6月18日

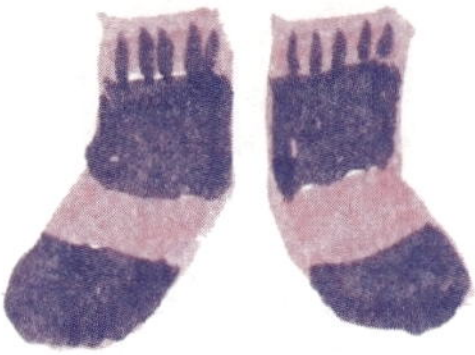

女儿不穿的粉紫色袜子

英京姐姐说要在屋顶练习踢踏舞，所以我找了一双女儿不穿的袜子穿在脚上。过了一会儿，天下起雨来。不知为何，我觉得这和在野外遇上小雨时跳踢踏舞的感觉很相似。在这个汗雨交融的晚上，我们在雨中翩翩起舞！就连马上要扔的袜子也飞到了地板上。还要扔什么？得翻翻厨房用具才是。厨房的收纳箱和餐具柜全都被我塞得满满的，就连门都难关上了，可我一样也没扔。“一日一废”工程的优点就是，画着这些物品，追忆过后就能毫不留恋地扔掉了，这双今天为我在雨中练习踢踏舞做出贡献的袜子也是如此！

6月19日

女儿的灰色菱纹袜

我读成人美术学院那会儿，曾经为我的未来烦恼不已的姐姐们如今也都做了母亲，并开始为女儿的未来烦恼了。每当看到这样为孩子操心不已的妈妈们，我就开始对女儿感到抱歉。因为我这个妈妈在担心流浪猫、担心踢踏舞、担心稿子的修改和房前屋后的插图时，削弱了对女儿的担心。相信女儿、爱女儿、和女儿对话就是我所做的全部了。这和姐姐们的意见有些不同，有时差异还很大。而且，我在孩子的学业方面貌似也不够上心。不过，我不能把女儿打造成什么想法也没有、只知道朝着大学前进的傻子。做妈妈的，就算担心又有什么用呢？我只希望女儿能够更广地注视这个世界，同时拥有一颗知道思考、懂得苦恼的心。

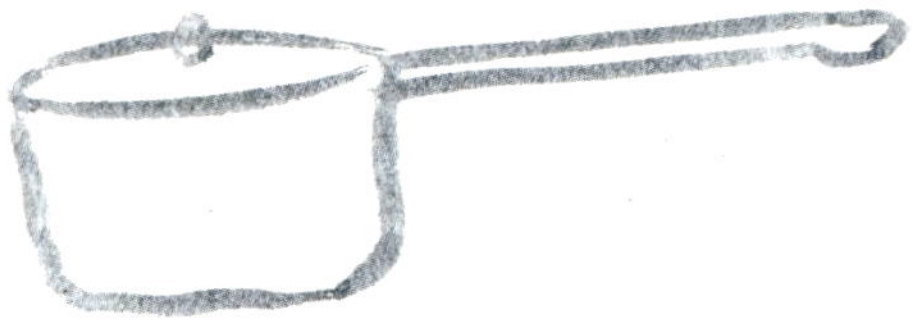

6月20日

不锈钢的锅

妈妈很喜欢不问我的意见就帮我买锅买碗买被子。也许是因为在我出嫁时没能帮我准备足够的家当而感到遗憾，不然就是她本来就喜欢这样，只是单纯地买了然后分给我一些而已。如果能一起挑选就好了，可她总是没有任何预兆“啪”地将这些东西给我（我绝非讨厌这样，我其实是很感激妈妈的，我只是在说家里老是增添一些非必需的东西）。因此，我的生活中用着不是自己喜欢却是免费得来的锅、碗，盖着免费的被子。这口单手柄的锅，我还有一个类似的，所以觉得它是多余的。当然，如果有两个，那么在做许多菜的时候就可以不洗锅。不过如果没有它，我的身体就会自动变得更勤劳了吧！

6月21日

六个酱油碟

我决定要清理家中的科立尔（Corel）碗碟了，就从之前因妈妈说不需要所以赶紧弄回家的酱油碟开始。我不喜欢科立尔的碗碟，因为它们模样干净端正，还很实用，就像模范生那样无趣。虽然我并不买这个牌子，但大大小小的科立尔碗碟还是通过各种途径来到了我们家。姨母搬家时扔在我们家的科立尔、妈妈让我带走于是我就带了回来的科立尔、女儿吃断奶期食品时收到的礼物——科立尔碗，据说这碗不易碎，是最好的。可我好歹也是陶艺科出身，我想在饭桌上用稍微帅气一些的碗来盛饭吃。有位朋友在展示会上买的陶艺碗就很帅气，不过因着科立尔碗的衬托，它在饭桌上无意间就鹤立鸡群了。我因为有、因为方便就怎么也不想去用它。如果当初没有科立尔，我想我肯定会在碗橱里翻寻，找到更漂亮的碗来用。

6月22日

妈妈的迪奥布包和皮包

不记得是什么时候，妈妈说要处理掉自己三四十岁时用过的古着包，于是我赶紧将它们拿回了家。虽然它们看上去已经很旧了，但只要好好修整，我还能拥有妈妈的一段回忆呢。怀着这个想法，一晃就过去了十年。虽然当初是因为它们在旧照片中清晰地出现过我才将它们保管着，但如今，也是时候该和妈妈在我这个年龄使用的包包说再见了。

6月23日

女儿画有小猫的平底鞋

我的平底条纹布鞋穿一次洗过之后竟然出现了奇怪的花纹。为了遮盖它，我请女儿出手在上面画画。真的太合我的心意了，女儿画的不正是我们家的猫——菲菲和卡夫卡吗？不过，这已经是四年前的事了。从两年前开始，从它的画面出现裂痕开始，我就不穿也不扔，就这样将它放在鞋柜里（不过，是满布灰尘的鞋柜），它就像女儿的作品一样让我无法舍弃。就这样吧，好好画出带有无数因缘的物品，只将记忆留下。

6月24日

两个汤碗和盘子

虽然不喜欢，但我还是经常处理手头的碗碟。有点儿重呢，会不会摔破？招待特殊客人的时候就用特殊的它们……因为爱惜。说真的，我并不怎么用自己真正喜欢的碗碟。

6月25日

带有LOGO刺绣的粉红色袜子

踢踏舞的舞步日渐变难。今天是我第一次听着吉恩·凯利的《雨中曲》(Singing in The Rain) 跳舞。当然，我跳得一点儿也不对。我跳舞的声音很吵闹，简直让人听不下去。哎，要到什么时候我才能跳出轻柔的、有节奏的舞步呢？

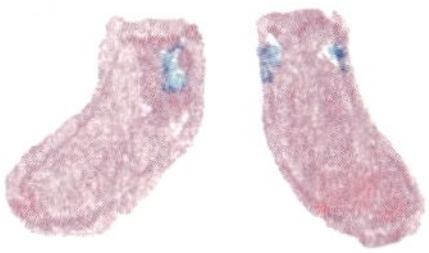

6月26日

在泰国旅行时买的鱼形荷包

今年正式成为一名小学生的侄子今天在牙齿动得很厉害的情况下来到我家。侄子看着当姑母的我，求我帮他把牙齿拔了。不久前，我的外婆也用线帮我拔了一颗牙，那天真是疼得要命。看来牙科真的很恐怖。还有，不久前一位朋友在牙齿晃动但没拔的情况下睡觉，结果在睡着的时候把那颗牙齿吞掉了。（天哪！）侄子哆哆嗦嗦地请我就这样用手帮他把牙齿拔出来，其实我连自己女儿的牙齿也一次都没拔过。不过，要想消除侄子的恐惧，我还是得做点儿什么，因为我是侄子信赖的姑母啊。我让他尽可能地吃很多硬的、冷的东西，做了跳绳、跳舞、跳跃等剧烈运动，并用舌头去舔牙齿。就这样胡乱跑着跑着，忽然传来一阵呼喊："姑母！牙齿掉了！"就这样，侄子自己将牙齿"拔"掉了。（真不错！）侄子的牙齿消失了，只留下空荡荡的鱼形荷包。

6月27日

巴拿马帽以及莞草帽

正苦恼今天扔什么时，我想起了两顶帽子。两年前，我们在意大利旅行时打算去阿西西，于是急急忙忙地从行李车厢下来，换乘火车。因为要照看行李和女儿，所以我就没法看住帽子，不过把女儿照顾好了也总算是万幸。我委屈地想，如果买了新帽子，就会将它们忘得一干二净了，所以就再也没有买帽子。之后，帽子便成为了我们的禁忌。如今，我打算将那些委屈的帽子从我的心里扔掉。是真的扔掉。想着又可以买帅气的新帽子，我的心情变得畅快起来。

6月28日

高跟凉鞋

干吗要买跟这么高的鞋呢？我想起四年前急切地穿上这双鞋时的情景。那时，上小学六年级的女儿个头嗖嗖直长，简直就是要超过我的节奏。其实说我买高跟鞋只是想比女儿更高似乎也没有什么说服力。不过穿了一两次之后，我觉得脚太疼就没有再穿。个子看上去显高又如何？我更不喜欢走路时脚不舒服，这样只会让我无缘无故变得神经质，身体也会很难受。如今，我和女儿有9厘米的身高差，就算穿上这双高跟鞋也无法追上她了。

6月29—6月30日

腰疼得无法动弹，明天得去医院

躺在睡懒觉的女儿身边，和她天南地北地聊天：“是不是太久没运动了？把腿抬起来试试。”结果，女儿的膝盖没能顺利打开，在那儿哼哼唧唧的。于是我对着眼前的女儿说：“好好看着！像这样。”然后兴致勃勃地突然将自己的双腿向上抬。谁知我的脚不仅没有顺利抬起，还闪到了腰。其实一周也就只跳50分钟踢踏舞的我，怎么就对自己的身体这么自信呢？

早上一起来就向女儿示范的动作

7月1日—7月31日

整理：

四处搜寻我心中的抽屉

有人说，如果长期持续地做某件事，就会拥有一项技术。的确是这样。每天扔掉一样东西并做记录也让我拥有了一项新技术。那是打开心灵的抽屉，将我不想要的感情、心情、习惯或偏见等也扔掉的技术。就在每天扔一件物品的期间，我也逐渐插进了想要扔掉的心情。不过到目前为止，没能扔掉的心情就和那些物品一样，也要经过回忆、拥抱之后才能扔掉。当然，它们往往还是不能被我完全舍弃。

无论是怎样的心情，它都好像印刻在身上某处的纹身，无法轻易擦去。即使决定放弃，也依然无法像一次性的杯子那样轻而易举地丢弃。因为感情就是这样，随时都有可能忽然涌上心头。不过，如果我试图努力先填满自己的内心，那么这种想要扔掉的感情似乎就再无立足之地。无论是物品还是心情，在打算扔掉之前，都得先好好整理一番，将要扔的和不扔的分开。即使是想扔掉难过的情绪，也得先从整理内心开始。

7月1日

要扔的只是我身体的每个部分

今天因为腰疼，什么也做不了，感觉生活失去了重心。之前，我总觉得自己还年轻，无论做什么都兴冲冲，到处乐颠颠地跑。可我的身体已经不再年轻了呢。如今已三十过半的我的身体，似乎将当初好像戴着面具在生活的三十岁时的年轻身体完全抛弃了呢。某位前辈曾说，上了年纪之后，就对已尽力的事不再有负担了，其实这挺好的。于是，我决定先了解自己的身体状况，然后只做力所能及的事情。

7月2日

四年前在纽约古着店买的旧制皮拖鞋

这双鞋夏天穿了热，冬天穿又冷，虽然皮好好的，但底子裂开了，所以要扔。其实这双拖鞋的材质和样子恐怕只适合加州凉爽的天气吧。难道昨天我将腰部的痛症也扔掉了？现在感觉好多了。这貌似是明天就要痊愈的节奏啊，真开心！

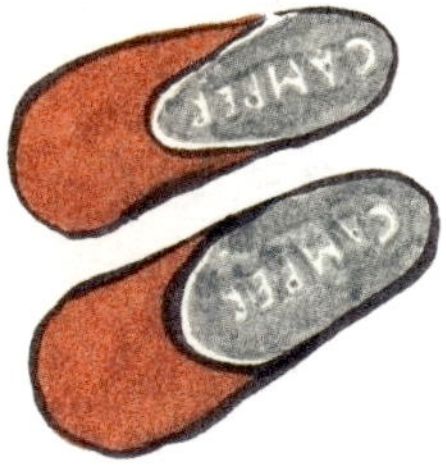

7月3日

紫色珐琅高跟鞋

我整理了一下鞋柜里超过五年以上没穿的鞋。其中最不怎么穿的还是高跟皮鞋。对此，我不禁感慨万分，原来我也曾穿着这样的鞋子出过门啊。像我这种一旦脚不舒服就会发火的人连7厘米高的皮鞋都没穿几次呢，它们到现在都还像新的一样。每当看到穿着高跟鞋帅气地向前走的女孩子，我也会想她们的脚会不会疼。的确，穿上高跟鞋，将长了一个层次的腿往镜子前一站，再满足不过了。可没过多久，就会发现有不便的地方。高跟鞋不是为了要穿鞋才被发明出来，它创造的是一种暂时的幸福感。我想我得试着为它找找新主人，能够托它的福，产生哪怕是暂时的幸福感。

7月4日

室内鹿皮鞋

对我来说大，对老公来说小，女儿穿着又嫌热……

这双室内鞋今后还会经过多少人的脚呢？

7月5日

鞋头尖得吓人的米黄色高跟皮靴

这是一双结婚前就没穿，但一直留到了现在的靴子。我企盼着有一天能够穿上它，所以到现在都没扔。如今，由于我都没有好好爱护，导致鞋子的皮也损伤得很严重。我想它貌似找不到新主人了，所以打算将它放到衣物回收箱。我的高跟鞋有一个共同点，那就是底部太干净。我当初为什么没有扔掉它呢？是这双鞋得和某件衣服一起穿才搭吗？还是我一边生活，一边在等待重新穿上它的那一天呢？反正，扔掉就扔掉吧。这样的日子，还有这双高跟靴，拜拜！

7月6日

妈妈给我买的绒质的高跟鞋

大约在九年前，妈妈和嫂嫂曾带我去过南大门夜市。那天，妈妈说要痛快地买，之后就给我们买了这样那样的东西。妈妈给我买的这双7厘米的高跟鞋像新的一样，还是那么干净、那么漂亮，我不会也只穿了一两次吧？可现在还是不能穿，怎么办？最近的我因为腰疼，光是看到高跟鞋就会觉得身体刺痛。既然它到现在还像新的，那就帮它找位新主人吧。有时，因为自己的不舍结果东西没给出的情况也很烦，心疼到后来竟然成了“屎”。由于觉得可惜，我又尝试着穿了下，果然还是不舒服。对我如此过分的您，拜拜！

7月7日

五年前买下的胶质坡跟鞋

为了穿高跟鞋也舒服，我找到了这种厚底坡跟鞋。不过，即使是这样的跟，穿上依然感觉难受。还记得五年前，我穿着这双鞋从延禧洞外汇银行门前经过，一位看上去比我大六岁左右的女子叫住我说：“妈呀！这鞋是从哪里买到的？我也正在找这种鞋呢！”我想，那时如果我将这双鞋脱下来给女子试试会怎样？她会很惊慌吗？我之后是不是只穿过它两次？我记得那天那位女子的体格和我相似，不过也难说这双鞋正好适合那位女子呢。

7月8日

婚前买的高跟凉鞋

我真的是因为不舒服才不穿高跟鞋的吗？其实是因为，我并不觉得高跟鞋有多好看，甚至穿上还有点儿难为情，它也并没有让人噌的一下显得多优雅。当然，这只是我的个人意见。每当看着穿戴得体、最后用一双高跟鞋收尾的端庄女子，我总会想：如果她穿的不是高跟鞋，而是平底鞋，会怎么样呢？我倒觉得平底鞋更有美感，因为高跟鞋太过华丽，所以不知为何，穿上它总感觉不是我在挑鞋子，而是鞋子在挑我。当然，平底鞋如果想让人神不知鬼不觉地显腿长，那还是比较困难的。

7月9日—7月10日

无法配对的蓝白袜子
女儿的无法配对也无法穿的草莓蝴蝶结袜子

练习踢踏舞的时候，穿不成对的袜子最好。因为左腿和右腿的舞步本来就不同，穿上不同的袜子跳舞反而会使舞步变得更容易。由于腰疼的缘故，我有好久好久都没去上踢踏舞的课了。为了慢慢开始重新跳，我和丈夫一起去看了电影《雨中曲》（Singing in The Rain）。果然，吉恩·凯利的动作太棒了！我说“我也要像吉恩·凯利那样跳踢踏舞”，丈夫则一脸悲悯地看着我。是我的目标太高太荒唐了吗？不要轻轻地跳，要看着电影，用眼睛、用心猛烈地舞蹈。当我用穿过的袜子将书桌每个角落的灰尘擦去之后，便将它们扔进了垃圾桶！

7月11日

对陌生旅行的恐惧

为了给尼泊尔的孩子们送去去年我和丈夫共同完成的图画书《您好，艾瑞》（Namaste Ari，“Namaste”是印度语问候语），明天我就要独自一人去尼泊尔的加德满都了。这次同行的有国际救援组织“饥饿对策”的职员、国际图书机构的工作者、新闻社记者和我，一共四人，而我们互相都不认识。这是我第一次放下家庭和陌生人一同旅行，所以有些紧张和害怕，各式各样的想法也一个接一个地冒出来：尼泊尔那边该有多热呢？那里的环境有多恶劣呢？孩子们会有什么反应呢？真是个难以入眠的夜晚。不过，我还是觉得应该扔掉恐惧，只留一颗扑通扑通紧张不已的心就行了。我打算凌晨起来，所以得赶紧睡觉了。

7月12—7月14日

没有购买的记忆，分明是谁送给我的套鞋
丈夫说小了穿不了所以扔掉的天蓝色条纹袜
我的欲望和神经质

尼泊尔其实比想象中干净，比预计的要炎热，比期待中华丽。所以，之前的我一个也没猜对。我们7月12日凌晨离开延禧洞，12点左右

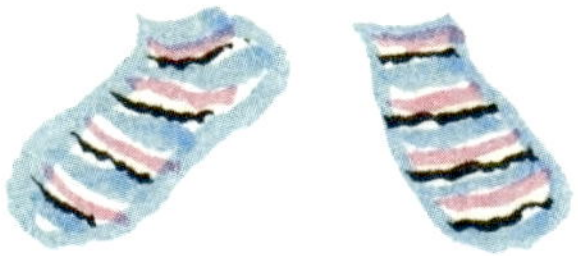

到达尼泊尔，之后便在加德满都那所学校的学生窝棚和附近的村庄漫无目的地闲逛。度过没啥精神的一天之后，第二天我们来到一个小村庄的学校送《您好，艾瑞》（Namaste Ari）并在那里逗留了约两小时。当我在那里为孩子们阅读这本图画书的时候，忽然发现了一个大失误。这本图画书原本计划在韩国以《您好，艾瑞》（Namaste Ari）为题、在尼泊尔以《您好，艾瑞》（An Nyeong Ari，“An Nyeong”是韩语问候语的罗马拼写）为题出两个版本，因为我想通过彼此的问候语引起大家的好奇心。结果，它在韩国和在尼泊尔出的竟然是同一个版本，和我的本意南辕北辙了。不能传达作者意图的书又有什么意义呢？

为孩子们读童话书时，我的火气一直没消，脸上也火辣辣的。读完后，我和“饥饿对策”的职员吵了一架并提出了惩罚。此外，来这里志愿奉献的某大学志愿组的表现也同样不合我的心意。他们也不理孩子们是不是觉得索然无味，只按照自己的计划进行着他们的教育项目。我们现在到底是为了谁而在这里？真的是为了尼泊尔的孩子们吗？我闷闷不乐，百感交集。

不过后来，当我和为维持生计而砸石头的少年克里斯琴交谈之后，就感觉脑袋被人重击了一锤。克里斯琴说，读了我的图画书之后，开始有了和韩国人交朋友的想法。这就够了，不是吗？不管我的本意是什么，即使图画书和我的意图相差甚远又如何？对尼泊尔的孩子们来说，这是他们第一次说喜欢我们的书，并想和韩国孩子做朋友。这就是我想要的全部。当然，如果一开始就按照我的意图出书，使我能够漂亮地完成我的作品当然好，不过即便这本出错、让我感到心塞的书，也让尼泊尔的孩子们告诉我，说他们听到了我想对他们传达的所有话语。

据说在尼泊尔，发火是比任何事都更加严重的罪过。即使被骗、即使出事，你先对谁发火，那份罪就会直接转移到发火的人身上。“天哪，这样还能发火吗？如何才能发泄心头的那团火呢？”我，今天犯了大罪啊！

尼泊尔人每次和人对视时就会双手合十、微笑着说“Namaste”。

Namaste的意思是：我的灵魂向你的灵魂致敬……

这是带着各自的灵魂并互相尊重对方灵魂的地方。有贫穷的我们，也有很荣幸能吃饱肚子的你们。这就是你们得向我们说感谢的地方。在这里，在尼泊尔，我开始对之前认为对的事和今后想要做的事，想得多了起来。

7月15日

什么都没扔

今天心情很沉重。从尼泊尔回来后，我总感觉背负着什么似的，那是一种目击残忍痛苦现实后，难以形容的心情。我觉得，世界上最容易的捐赠就是捐钱，因为它可以不用亲眼去看，只需斟酌一下就能做到，所以无论是身体还是心理都很舒服。回韩国的飞机里，一半以上都是从韩国过来当志愿者的大学生们。这些大学生都是付了昂贵的机票钱从尼泊尔回来的。他们在尼泊尔得到了什么呢？我觉得我现在能够做到的就是不忘记尼泊尔那些孩子们的存在。然后就是，不堆积欲望，更加用心地与人分享我不需要的物品。回到家，丈夫在，女儿在，猫在，院子也在，我愈发感到这一切的珍贵了。

7月16日

两年前小·姑子送给我的礼物——尼龙搭扣帽

两年前，小姑子去欧洲旅行回来后就送了我这顶能够叠起来的搭扣帽。帽子本身真的很漂亮，只不过如果是我戴着它，它就变得好像是从谁那里借来的潮人的帽子，而且还使劲散发出一种乡土气息。如此不合适也是很辛苦。不过这毕竟是一份礼物，所以我将它挂在玄关，打算在院子里工作的时候用。但最终，还是没怎么用到。因为在院子里做事的时候，我更喜欢遮阳帽檐更宽、农事专用的墨西哥帽。这顶帽子虽然也能遮挡阳光，但阳光会越过帽檐照在脸上，而且干活干久了，头顶还会感到火辣辣的。虽然对小姑子有些抱歉，但这顶帽子的主人无论如何都不应该是我。

7月17日

和昨天那顶样式相同的蓝色帽子

如果戴上这顶帽子，就会有种奥黛丽·赫本的感觉。不过让头顶变得火辣辣的帽子，对我来说还是太奢侈了。

7月18日

有些许光泽的小针织包

女儿小时候，每次外出我都给她准备小手提包。不过现在，我和女儿都和小巧玲珑的物件渐行渐远。这个用线手工编织的可爱小包买自印度尼西亚的巴厘岛，是十岁以下的孩子都会喜欢的包。我正寻思着要把它送给侄子们，谁知就这样不知不觉睡着了。女儿从学校回来，到家后一直按门铃，可在里屋睡着的我却没有听到铃声。过了很久，我才从梦中醒来。之后给女儿打电话时，女儿说她还想过要报警。不是，为什么要报警呢？女儿说她还想着我说不定被绑架了：“妈妈这么幼稚，完全有可能被绑架。”女儿啊，我之前给你看的奇怪电影是不是太多了？

7月19日

冬天穿的桃红色室内鞋

我只要一想到冬天，再热的夏天都受得了。因为我一到冬天就感觉使不上劲儿，夏天再热再潮湿我都觉得比冬天好。也许是因为这样，我搬家住进来后就对冬季用品格外地执着。我担心家里冬天太冷，因此只要看似能使它温暖那么一点点的东西，我会想都不想就买下来。各种睡袜、睡裤、暖宝宝、套鞋、毯子、手炉，包括这双冬天穿的桃红色室内鞋都是我为过冬准备的专属必备品。有段时间，我真的穿它穿得很勤。不过，好像从某个冬天起，我就开始对视觉感强烈的桃红色很有负担。所以说，如果穿上你，我的时尚感就死翘翘了！

7月20日

颜色相同，怎么也看不出是不成对的白袜

去跳踢踏舞的日子就是无须苦恼要扔什么的日子，因为无条件扔袜子呀。舞步尽管不熟练，但我渐渐可以轻快地转换脚步了。好啊，好！

7月21日

丈夫的帽子

如果像这样一件件地扔，家当会减少吗？不过可以确定的是，现在的我不会什么都买了，因为我任何时候都会先想象它被扔掉的时候，光是这一点就让我超级满足。喜欢压花的妈妈将干花粘起来，做成了帅气的花袋。妈妈一边在袋子上粘花，一边感叹道："啊，花朵真的是怎么做都漂亮啊！"花漂亮，袋子漂亮，我的妈妈也漂亮啊！

7月22日

丈夫去年买的超短袜

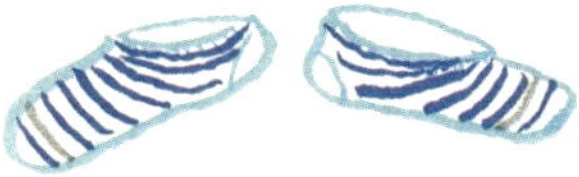

今天扔的是超短袜。

踢踏舞一天比一天有趣了，而我对着《雨中曲》跳舞时，甚至还会感动得流出泪水。之前不会的动作现在会了，噪音也被节奏所取代了，我的脚也开始翩翩起舞了。

7月23日

准备明天出去旅行，所以什么也没扔

我打算去柏林和布拉格旅行一周左右。最近太忙了，对旅行什么想法也没有。当我将卡夫卡和菲菲托给妈妈之后回到家时，才产生明天要去旅行的念头。这个月，我去了尼泊尔，也去了欧洲。7月的活动真是多。不过这样一来，我找物品扔的时间就不够了。如果是去旅行，能扔的充其量也只有内裤和袜子。可即使是这样，回来时背包还是会被填得满满的。我要暂时忘掉“扔”，以休息一周的心情去旅行，因为这是我们蜜月之后第一次去柏林和布拉格。那里会有多大变化呢？我忽然紧张了。这次，我们是同十几岁的青春期女儿一起去我们最喜爱的城市，Bon voyage（法语，意为“一路平安”）！

7月24日

上面只印有天蓝色心形图案的内裤

终于在晚上7点到达柏林。凉爽的夜晚，连空气也不同。我们放下行李，在酒店附近闲逛，因为太疲惫，所以什么也做不了。到了9点多，外面也只是稍微变暗了一点儿，并没有黑。可我再也没法动弹。为了明天，今天就到这儿，睡吧。今天扔的是一条内裤。

7月25日

印有草莓图案的内裤

今天，我们参观了佩加蒙博物馆，观看了大量的古建筑，之后又去了柏林中心区。这就是柏林啊！走了一整天，我的脚底板都火辣辣的。诚然，旅行期间无疑最辛苦，不过我还是不同意《优雅变贫穷的方法》中亚历山大·冯所写的关于旅行的话。他质问大家为什么要像傻瓜一样出钱出力还自讨苦吃。我可以坚决地回答他，那是因为在花钱、在受累之前我们会紧张会激动，而旅行之后我们会拥有回忆。女儿累了，开始皱眉头摇摆着身子。我们也渐渐开始双脚发软，寻找着可以坐下来的地方。就这样，我们可一同分享的话题变多了。那是我们一起感受、一起经历的，只属于我们的话题。尽管我们现在已经累得要爆粗口了。

7月26日

又一条内裤

从西柏林现代美术馆见过罗伊·里奇特斯坦、安迪·沃霍尔、白南俊、约瑟夫·博伊斯回来，眼睛倒是很愉悦，可身体都快累死了。不过由于我对现代美术能够产生共鸣，所以觉得这里更有趣。和以前相比，现在的柏林变得更复杂、更华丽了。今天扔的是妈妈买给我的内裤。啊，有一样东西我们一直在扔呢，那就是每天买东西扔出的钱！顺便说一下，柏林的太阳下山晚，实在太晚了。晚上10点时，太阳还要落不落的。而凌晨不到5点，太阳就像大白天一样露出灿烂的笑脸。尽管因为时差的缘故，我们到了9点钟才闭上眼睛，但自从来到柏林，我们就没有关于看夜空的记忆。傍晚，我和丈夫带着女儿出来散步，忽然觉得幽静的柏林中心区固然好，但我也真心喜欢延禧洞复杂的小胡同。是旅行唤醒了我们对日常的珍爱。

7月27日

妈妈买给我的粉色丝质内裤

从柏林到布拉格之前，我们还去了一趟德累斯顿。这是我们第一次来到德累斯顿，一看到它，我就觉得它是座完美的新城市。高高的建筑、巨大的购物中心，使我感觉自己好像到了夏威夷。不过，朝老城区的方向走二十分钟左右，就会出现中世纪巴洛克建筑风格的宫殿和石墙。在那埋葬了黑暗岁月的建筑之上，还有闪着金光的雕像。我感觉德累斯顿是个新老城区反差极其强烈的城市，就好像自己从首尔的韩服中心穿越到了中世纪的欧洲。这个曾经美得无法形容的城市卷入第二次世界大战之后，被轰炸被破坏，如今竟然产生了完全是两副面孔的老城区和新城区，真神奇！明天，我们终于要去布拉格了，那是我们曾经约定十年后会再来的地方。现在，我们终于和女儿一起来了，距离上次来已经十七年，不知当时蜜月时的感觉是否还会再回来。

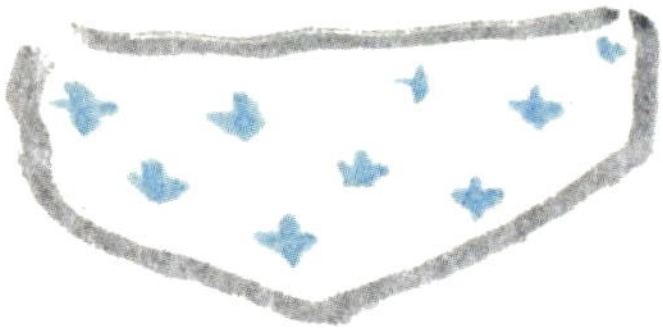

7月28日

果然又是一条内裤

终于，我们怀着激动的心情来到了期盼已久的布拉格！可眼前却不是我们之前心心念念的布拉格，不是我们等了十七年之久的布拉格。老城区完全被商业化，挤满了人，和欧洲别的观光地没什么不同。我们到达布拉格的时候，老天也不肯帮忙，天气十分闷热，一丝风也没有。拥挤的人流就这样在烈日之下四处涌动。也是，毕竟过去十七年了。那会儿，捷克才刚刚开放，尽管朴素，但很浪漫。而且，我们去的时候是冬天，真的很冷、很冷清。不过那冷清的感觉反倒适合布拉格。也许是我无视了布拉格，期待它和那时一样原本就是我的错。反正，我们到了布拉格。很热、很累，仅此而已。

7月29日

又一条内裤

是因为刮凉风的缘故吗？今天的布拉格和昨天不太一样。因为女儿说要给朋友们寄明信片，所以我们早早就进城，第一个走进了邮局。十七年前，我们也曾在这里寄过信，然后在城里闲逛呢。想到这里，我们很久以前的样子突然活生生地回来了。那时，无论是天气还是心情都完美无比。已日渐模糊的记忆竟然毫无预兆地在这里被唤醒了！现在的我还和当时的那个人在一起，还和那个人与我的女儿在一起。不知是不是昨天太过失望，导致今天竟然如此开心。吃完晚饭，我们就在布拉格的街道上散步。我觉得布拉格送了一件礼物给我们，使我们之前无处可依的心情忽然有了归处。后来，天上突然下起雷阵雨来，我们全身都湿透了。而上次被雨淋湿的记忆，貌似也很遥远了。果然，和灿烂的阳光相比，布拉格更适合清冷的雨天。

7月30日

将最后一条灰色内裤扔进酒店的垃圾桶

由于女儿也说在布拉格最想去看的是自然史博物馆，所以我们一早就从酒店出发了。不过到了之后才发现，原来布拉格自然史博物馆还在施工中，因为标牌上写着“2011—2015”。早上就扑了个空，所以我们只好再次在布拉格街上闲逛。其实，只要稍微偏离老城区的旅游路线，就会发现一些老旧的路，它们会让你觉得自己仿佛徜徉在童话中，这才是真正的布拉格。明天，我们的旅行就要在这里结束了。还会再来吗？我将这里当成最后的旅行之地，所以不停地买东西，其中买得最多的还是童话书。每到一条巷子，我们都会走进书店，真是只有羡慕的份儿。此外，这里还有一样让我们很羡慕的，那就是，这里的啤酒和水的价格相同。既然这样，还有人会喝水吗？这里的最后一天就这样过去了，我们再次看到了十七年前新婚燕尔的自己和布拉格，再见！

7月31日

这一天就在飞机里轻松地消失了

旅行最佳的日程就是回家。
可以就这样再次回到家中啊！
不过和离开前一样，我又开始默默激动了。

8月1日—8月31日

喜好的改变：

如果不再心动

我以前到底是怎么把这些东西若无其事地穿在身上的？虽然它们在我眼中依然很美，但穿上身的瞬间却让我显得很滑稽、很可笑。尽管我曾经为它们心动过，但现在却对它们没有任何感觉。这些就是我最近在扔的东西。原来，我们喜欢的和不喜欢的东西是会随着时间的推移而改变的啊！

当我在树林里行走，就难以看到树林的全貌。人的兴趣似乎也是这样。因为在当下，我很难把握自己喜欢什么。只有当一段日子过去很久了，我才能通过这期间留下的物品知道“当时”的兴趣。其实当那段岁月过去之后，当时的爱好也会跟着改变。不过，如果兴趣真的会随着时间改变，我也希望它能朝着好的方向。

随着年龄渐长，我感觉自己慢慢能够确定自己的喜好了。当然，也肯定会伴随着这样那样的偏见和执着吧。不过，当我发现自己会对以前喜爱过的东西感到难为情的时候，就决定以后不再胡乱评价别人的品位了。我们要尊重自己的喜好，也得尊重别人的。正如作家李秀珍在《是爱好，请尊重》中所说，我们不要通过任意贬低他人的品位来抬高自己的品位才好。曾经因为喜爱某些物品，看到不知不觉歪了脖子的我，现在又怎敢笑话他人呢?

8月1日

想扔了筋疲力尽的我

一回到首尔，我就跑到妈妈那里将卡夫卡和菲菲接了回来，之后就再也无法动弹了。这全赖卡夫卡和菲菲，否则我也不会落到如此筋疲力尽的地步。它俩因我们的这次旅行，耍小脾气将自己藏得严严实实的，弄得我们都很难过。后来，我在妈妈家里仔细翻寻，找了一个多小时才将它们成功“抓获”！累得筋疲力尽。不过，只有猫咪们也都回到家了，我们全家人才算全部到齐。啊……真好！

果然，再也没有比家里更好的地方啊！

8月2日

用天蓝色的线将各种颜色的原石串起来的项链

随着年岁的增长，有些饰品会被我渐渐疏离，例如这些现在戴上都显得很华丽的饰品，而这条串有各色原石的项链亦是如此。我曾经若无其事地将其戴在脖子上，可现在的它却好像不再是我的。是说它幼稚好呢？还是说它不容易搭配好呢？此外，我觉得这和人际关系也没什么不同。有时候，人也会出现这种情况：曾经无比合拍，现在恨不得老死不相往来。这条项链进入了“遗弃的箱子”。这只箱子是我开始准备鞋子的时候准备的。无论如何，我想我得为那些还好好的物品找到新主人，因此想将它们送到跳蚤市场或商店。我希望汇集那些不用的物品，将它们送到急需这些物品的其他国家，希望有人能用更好的方式使用它们。

8月3日

塑料戒指

在吃了一顿美味的拉面后，这枚在附近文具店得到的戒指也被我扔进了“遗弃的箱子”里！

8月4日

旅行活动主办方赠送的袜子

丈夫曾欣然应允和某旅行杂志一起去旅行，在免费游玩的同时顺便也为那个地区做做宣传。于是，我和丈夫一起去日本静冈县进行温泉旅行。不过，自从这次旅行结束后，我和丈夫就下定决心再也不会进行免费旅行了。在繁忙的日程里，我们摆着不同的姿势拍着各种照片。我不知道那四天三夜是如何度过的，我甚至都不记得将身体泡在温泉中时那舒适的感觉。当时，我们怀着不快从活动主办方那里收到了两双鳗鱼袜子，而这两双袜子我放到现在都没拆。静冈是一个无论在哪里都能看到山的地方，那里的鳗鱼和绿茶也十分有名。鳗鱼派、鳗鱼点心、鳗鱼盖饭、鳗鱼袜子……整个就是鳗鱼的天地。而且，据说那里还是动画片《樱桃小丸子》的舞台，那儿还有“樱桃小丸子主题乐园”。不过，他们并没有带我们去那里，只让我们看了茶园、泡了温泉。

8月5日

无袖丝质罩衫

我有很多衣服都是多年（超过二十年）以前的，包括这一件。虽然它不像是新的，但也感觉不到有任何磨损的地方。也许是因为我的无汗体质不容易伤到衣服吧。而正因为这样，导致我之前没法轻易扔掉它。结婚之前，我真的很喜欢它，甚至还想着等女儿长大了让她也穿穿看。其实，女儿小时候将它当作连衣裙也穿过几次，而如今她的个头比我还要高10厘米。别说是留给女儿了，现在连我自己都穿不进去了。话说，我这脖子是从什么时候开始变粗的呢？

8月6日

画有草间弥生蘑菇图案的黑色T恤

当我在优衣库看到这件印有草间弥生作品的衣服时，怀着想要拥有她作品的心情将它买了下来。可是，这件T恤太过华丽，我实在无法穿。真不知道我当时怎么会买这种刚好贴身的小衣服。虽然我很喜欢这位女子的作品，而且一穿上这件衣服，就会神奇地感觉自己变成了草间弥生。可她的外貌实在是太别扭了，所以……

8月7日

优衣库的七分袖T恤

有无数衣服我都只看图案就马上买了下来，穿过几次之后就看也不看了。其实，问题就在优衣库、H&M、ZARA、MANGO这种快餐形式的服装店里。它们的衣服不仅价格低，而且样式好，导致我可以没有任何负担地轻松买下，之后再被我随随便便放入衣柜。我想我衣柜里的衣服现在都已经堆积如山了吧。

8月8日

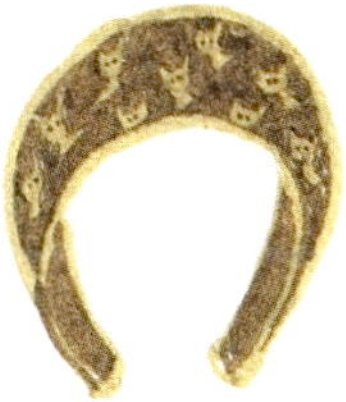

印有猫咪图案的发卡

曾经有一段时间，只要是有猫咪图案的东西我都会买下，包括发卡。买这个发卡的时候，我想至少女儿会戴吧，不想女儿竟然不喜欢发卡。结果，我们家谁也没有用过它。像我这种只是单纯因为喜欢就马上买下来的人算是傻瓜吧。最近我在家中努力寻找要扔的物品，一天一天将它们画下来的同时，其实也在整理自己的心情。有些物件即便被我画得怪怪的，但由于萌生了爱意，竟然都不忍心扔掉。它们在“生前”没被好好使用过，直到画画时我才对它们产生了感情。不过，从我写下这段文字来看，它们最终还是逃脱不了被我扔掉的命运。

8月9日

丈夫买给我的条纹紧身裙

当初丈夫去日本旅行给我带回这条裙子的时候，它就刚好符合我的腰身，穿上还稍微觉得有点儿勉强。但现在，我却到了连它的扣子都无法扣上的境地。也许女儿会喜欢它也说不定呢。她现在还在睡觉，明天早上再问问她。如果女儿喜欢，那么这一页就OUT。以前，丈夫有时会独自一人出去旅行，可现在他说一个人旅行很孤单，不知道是不是因为上了年纪的缘故。我的独自旅行，只在结婚前有过几次，现在已经二十多年没那样了。不然，什么时候也再来那么一次独自旅行试试？不知为何，这件短裙仿佛沾染了当初不得不独立旅行的丈夫的伤感和孤独，令我的心里也不是滋味。

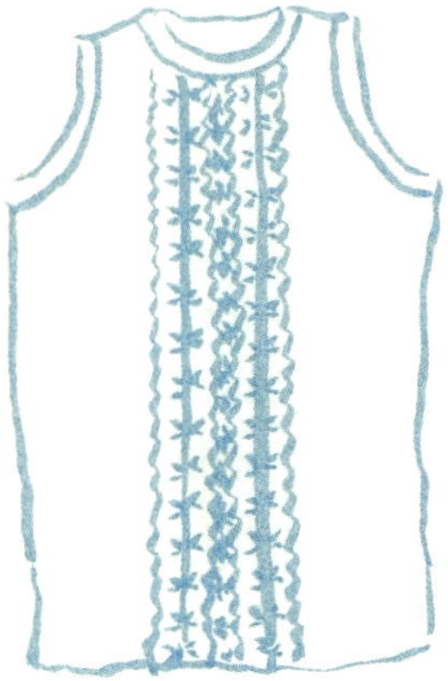

8月10日

前面镶有蕾丝的白色无袖衫

昨天，就连女儿也表达了对这件衣服的嫌弃之情。“嗯，漂亮是漂亮……我穿？为什么？妈妈穿吧，我应该不会穿。” 这件白色的无袖衫是我在夏威夷旅行时碰上打折提前买下来的，因为我想着女儿长大了就让她穿，没想到女儿竟然说她不会穿，反而让我穿穿看。所以，这件衣服最终就在崭新的状态下被我扔掉了。买衣服时，我竟然想的是以后穿，真的太傻了！其实，即使买的是自己当下就必需的衣服过了不久也未必会再穿，更何况是以后！以后永远也不会来。当然，这件衣服到现在依然很新，说不定会有人替我们漂漂亮亮地穿着它呢。

8月11日

绣有白色字体的黑色棉T恤

正在弘大街道漫无目的地行走，绣在T恤上的那句话就这样渗入到我的内心："Look for your place and run towards it（找寻只属于你的地方，并朝它前进吧）……"曾经有段时间里，我每天都会穿着它。可如今，我的腰和手臂都长了赘肉，即使勉强穿上，小肚子也会显露出来。近五年，我开始神不知鬼不觉地长肉，而且长肉的速度还很慢，以至于我都没有察觉到这个事实。当穿上这件衣服，一切都无处可藏了。和当初穿这件衣服的我相比，现在的我胖了十二斤，如果让我减掉这十二斤再重新穿回这件衣服，实在是有些勉强。不过，T恤上的佳句我还是一如既往地喜欢："Look for your place and run towards it……"

8月12日

收到新键盘后就再没用过的旧键盘

朋友一大早就急急地在群里发求助短信。“谁有多余的键盘啊！我将水打翻到键盘上，键盘忽然失灵了。”我十分兴奋，立刻回复“我，我，我”。因为我忽然想起了一个旧键盘。去年，我换了一台新电脑，同时收到了一个新键盘做礼物，因此，尽管旧键盘完好无损，但还是被我放到了一边。如今，我这总不能好好扔东西的宿疾总算能派上用场了！虽然我不记得这个键盘是黑色的，但能够怀着如此美丽的心情将它转给别人，让它继续有用武之地，看来我之前好好保管它是对的。朋友对我到现在都没有扔掉它，使她能够有键盘用给予了极力称赞。键盘呀，你就和新主人一起好好度过余生吧。现在是三伏天，天气非常炎热，所以我将比基尼当内衣穿上，然后再加一条连衣裙。我喜欢扑通一声跳人放满冷水的浴缸，然后独自愉快地避暑。

8月13日

一到夏天就当校服一样常穿的短裙

这条短裙使我想起了一些姐姐。和她们第一次见面的那一天，我就穿着这条短裙，喝了好多好多的酒，在弘大马路上到处逛。那段日子里，我们只要开始喝了就一定会喝到最后的。去年，我在朋友的工作室见到了她们中的一位，那情景至今还历历在目，就好像发生在昨天一样，让人开心无比。是的，就会有这样的一些人，无论什么时候见面都不会觉得尴尬，也不会就之前的不联系而兴师问罪，只会因当下的会面而欣喜若狂。今天是我的生日，我和丈夫一起吃了顿饭，还喝了一杯小酒。到了这个年纪，尽管还有些姿色，但在生日里也不会发出什么特别的感慨了。我只是想到，妈妈当初在如此炎热的天气里将我生出来，肯定受了很多苦呢。妈妈，谢谢您！（在画这件衣服时，我发现了当初穿它时完全没有留意到的细花纹，那些之前都没来得及发现的美丽花纹。）

8月14日

量多得吓人的箱子

丈夫从策划展示会时就开始收集快递箱子，真的积累了很多很多，他平时喜欢在ebay（www.ebay.com）买东西，所以来自世界各地、贴着各种邮票的各种箱子都邮向了我家。丈夫利用箱子的反面或正面，在上面画画。从去年冬天开始，房间的每个角落、居室的每个角落都放满了空箱子。看这种程度，展示会还可以再开十次！所以，我打算站出来，果断地将这些箱子扔掉。虽然也伤感了半晌，但最终还是都清理掉了。我觉得我成了收箱子的大妈了。不过，箱子可不是一般的多，所以不能就这样扔到外面去。我打算明天直接开车将它们送到旧货商那里。

8月15日

印有可爱少女的包

我完全不记得这款包是谁给我的，包包上还附有带子。真奇怪，当我下定决心打算马上扔掉它时，竟然滋生了一丝迷恋。就这样苦恼了几天之后，我决定趁它还崭新帮它找位新主人。我觉得自己不用却强占着它的人是傻子。我想我现在得把扔物品的标准稍微放宽一点儿了。那些即使留恋，但今后不会再用到的东西也将归入此类。只要今天扔了这个，明天就能扔那个。读了李秀珍的《是爱好，请尊重》之后，我也在反省，在试着回想，我是不是也觉得自己的品位优越并为此而感到骄傲？我有没有在不知不觉中将自己的喜好强加在别人的身上？

8月16日

除了PLAY MOBILE的箱子之外，那些剩下的箱子

昨天旧货商店关门了，所以箱子现在还在我的车上。早上，我又接着整理了余下的箱子。不过，Play Mobile的箱子我是没法扔的，因为它的产品总让我心动不已，就连箱子也不例外。看到箱子堆积如山，妈妈说：“拿这些箱子去换鸡蛋，小区办喜事时我还可以把它们分给朋友们。”妈妈的建议挺好的。我将从前天就开始整理的箱子全部放入车中，朝着旧货商店出发了。除了驾驶席之外，我的车已经全部被箱子填满。虽说旧货商店离得近，但我现在连后视镜也看不见，所以还是得小心再小心。哈，给大家分鸡蛋也是个帅气的点子！得把鸡蛋给谁给谁再给谁。不过没想到……多得惊人的箱子重量只有24千克，充其量也就能拿到2400韩元（折合成人民币约15元）。我问过鸡蛋的价格，1板（大约12到24个）就要4400韩元（约人民币26元）。所以说，这点钱连1板鸡蛋也买不起。没带钱包，空手出来的我将车中的零钱都凑到一起，好不容易换到了1板鸡蛋回去。原来废纸竟然这么便宜，那些收集废纸的老人们赚钱真的好辛苦啊！以后，我要将自己的箱子都送给捡废纸的大叔。今天是个后悔和反省的日子。至于鸡蛋，尽管有些委屈，还是一定要分给大家吃的。

8月17日

不知在买什么的时候顺便带回来的书包

有些东西，尽管不是自己想要的，但还是带了回来。其实对于这样的东西，我也是心不甘情不愿的。不知这样的东西家里还剩多少，以后还会再出现多少呢？

8月18日

橄榄绿棉罩衫

手肘处可上可下的橡皮筋太紧了。

现在的我，衣服再漂亮，只要穿着不舒服，我就不会喜欢。

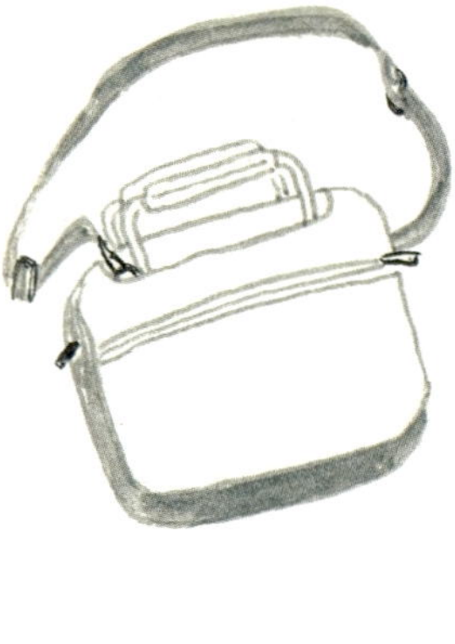

8月19日

有网眼的薄罩衫

我从四年前开始就再没有穿过这件罩衫了，但由于我很喜欢上面的花样和图案，所以将它放进抽屉里，留到现在也没扔。原来我以前的风格竟然如此的华丽！其实，这种绚烂的纹样会让现在的我觉得很不好意思。要么就是年纪大了，不然就是喜好变了。在画这件罩衫的时候，我忍不住感叹，这图案还是和以前一样漂亮。也正因为如此，我想我以后不会再穿它了。我发现，自己在一点一点地产生变化。不知将来的我和现在的我相比，又会有多大的不同呢？在这个晚上，我既感到好奇，又期待无比。

8月20日

卡包

从信用卡到百货卡、积分卡、打折卡、会员卡，由于无法承载一天天不断增加的卡，我另买了一个专门装卡的卡包，可是……慢慢地我不再需要出门办事了！

8月21日—8月22日

有亮闪闪银色图案的黑色T恤
刚好贴身的棉质白衬衣

以前我的体型属于下身肥胖型，所以总穿裙子或宽松的裤子，而上身则比较执着于刚好贴身的T恤或白衬衣。虽然现在我的体型也没有太大改变，但由于全身上下整个长胖了，所以穿衣也随之倾向于自然舒适的类型。是为了让身体和衣服都留下空间吗？我不知道。这两件衣服我之所以保存下来，是因为当初想的是说不定女儿哪天会穿。不过，现在女儿的个子比我更高了，它们已变得毫无价值。以前，每当我将衣柜中妈妈少女时穿过的衣服，或是她将我小时候穿的衣服找出来穿时，感觉总是很奇妙。不过作为妈妈，虽然我也很想为女儿建立一个挂着我衣服的衣柜，可我的个子太小了，太小了。

8月23日—8月24日

姨母的出口包装箱内找到的棉质无袖上衣
无袖吊带背心

小时候，姨母在一个专门将服装出口到美国的公司上班。那时，她常常会带一箱子衣服给我们。那些衣服都小巧玲珑，不仅是我喜欢的棉质，而且也没有太花哨的装饰。姨母说，那些箱子里的衣服大部分都是开会用的样品，所以模样大小都不一样。不过衣服都是要出口到美国的，大部分都是大号，所以那时的我首先考虑的不是找自己喜欢的，而是找适合自己尺寸的。其实昨天和今天扔掉的衣服都是L号的，原本应该提前想想送给谁比较好，但由于这些衣服不是自己买的，所以就忘了这茬。其实，即使是将没穿过、没有回忆的衣服扔掉也会感到很可惜啊！不过对于最近每天都在找什么扔的我来说，这样的衣服出现得越多越好。看来冬天的衣服也得翻一翻了。

8月25日

毛织A字裙

天气开始变得越来越凉爽。尽管白天还是很热，但早晚凉爽的风已经让我们感觉到秋天要来了，所以我开始慢慢翻找秋天的衣服。这件A字裙，我曾将它当校服穿，因为我喜欢上面的格纹，不过它现在已经难以容下我的腰身。虽然还能勉强穿上，但感觉十分紧，紧得仿佛连前天吃下的东西都要吐出来似的。我在整理衣服的时候，将它们分成了三类：直接扔掉的衣服，在这里记录下来之后再扔的衣服，以及还在犹豫要不要扔的衣服。我之前到底是为什么堆积了这么多连穿都没穿过的衣服呢？

8月26日

妈妈买给我的绗缎钱包

妈妈有一个很高尚的习惯，那就是大量购入自己认为很实用、外表漂亮且独特的物品，然后再将它们分送给朋友。她总是很会找那些因为细小所以很容易被别人忽略的东西，所以妈妈的礼物对我们来说永远是惊喜。这个韩国风情的软缎钱包就是其中之一。不过，由于到目前为止我还没找到用它的机会，所以它还被我好好地放在抽屉里。是的，我的小物件也需要整理一下了。书桌上、书桌前、四面墙壁上，零零碎碎的玩具和杂物就这样放着，一串串地摞着。可问题是，虽然理性上我觉得它们的确需要清理了，但我的内心到现在依然忐忑不安！实在是不忍心伸出这只整理之手啊。

8月27日

毕加索便笺纸

有一天，丈夫送给我一本很有意思的便笺纸。每掀去一张，巴勃罗·毕加索的头部就会从上面哧溜变少一点儿。不知为何，我总觉得他这样从头顶开始一点一点消失不见，不仅可惜，而且还很残忍，所以用了三四张之后就没再用了。无论如何，我认为这本便笺纸真正的主人应该是个有勇气将它当作便笺纸一张张撕下来用的人，而我……并不是它的主人。

8月28日

盖子可以当杯子使用的玻璃水瓶

这个玻璃水瓶，我们曾经稍微用过一段时间。不过，对于很能喝水的我们这一家人来说，它实在是太小了，所以后来它就被我放进了餐具柜。今天，我将它擦拭干净，发现它还挺漂亮呢。其实，在我的储物柜里，像这种想着以后什么时候会派上用场而塞进去的物品都快要挤爆了。我觉得我再也不能这样一直等下去，等急需它们的时候了。

8月29日

墨西哥产的贝壳项链

在墨西哥海边的坎昆，有很多卖这种用细小贝壳串成的戒指和项链的商人。当初，个头比现在的一半还小的六岁女儿就是在坎昆商人的小摊上挑选了这条贝壳项链。虽然后来我们又增添了很多配饰，但纠缠在这条项链中的细微记忆却不会被轻易丢弃。

8月30日

生态袋

我怎么会有那么多的生态袋。是买的，还是别人给的？每次去看展览或电影时，每次去有趣的玩具店时，每到访一个新城市时，每次去心仪的书吧时……拿回来的生态袋家中到处都是，而且绝对不会用的也没扔。因为每个生态袋的体积都很小，而且它们各有各的象征，所以我只是将它们堆叠起来而已。这个生态袋会让我想起一座城市，而那个生态袋又让我记起一部电影。我觉得生态袋被叫作Echo袋还真叫对了。这个Levi’s生态袋是我好不容易才挑到的，尽管大小适中，材质也是我喜欢的，但由于它没有承载任何相关的记忆，因此可以扔掉了。啊啊啊，最近我渐渐觉得扔东西有些困难了。

8月31日

大红色荧光羊毛衫

我以前为什么总穿这种刚刚合身的衣服呢？这件羊毛衫曾经是我的挚爱，因为喜欢它触感柔软，所以每年都会穿在身上。去年，当我再次穿上它时，它十分真实地反映出了我的身体线条，使我感到无比难堪。看来喜欢自己看上去性感的年代已经一去不返了，那真是一段唯一显得有些浅薄却又十分美丽的时光。而如今的我在努力通过宽松的衣服使自己显得优雅。今天，我看了《极乐空间》（Elysium，意指天堂）。这部电影讲的是在未来破败荒芜的地球上，只有百分之一的人被选中到宇宙中的极乐空间站生活的故事。尽管这只是幻想，但我的心情还是因此变得沉重起来。我担心这样的未来会来临，担心不久的将来，地球会变得可怜孤单。

9月1日—9月30日

分享：

世间最美的浪费

最近，我试着将要扔掉的物品穿（或使用）一到两天，寻思这样做说不定能帮忙找到它们的新主人。如果谁对我的物件表示称赞或看上去很有兴趣，我就能马上将它转送出去了。

大学时代，我曾看到过一位前辈在酒桌上将耳环摘下来。当时不知是谁称赞了那位前辈的耳环，前辈一听到这句话，就很干脆地将耳环当场送给了她。据说前辈那会儿还没开始喝酒，而且当天在场的大部分人都是和她第一次见。尽管当时是炎热的夏天，但在那一瞬间，我就像被从屋顶掉下的水弹击中了一样，感到无比惊讶，无比清爽。

不知前辈当时是什么样的心情，就这样轻易将自己的耳环摘下来送给了别人。从那天之后，我也下决心一定要像前辈那样将自己的东西爽快地送一次给别人。不过这种事情不会轻易发生，因为它并没有自己想象的那么简单。

但最近，我开始想过这样的生活。真要将自己的物品送给别人时，那心情就好像是在雨后选择小水坑，然后扑通扑通踩着水花跑。最近我的生活比以前变得快乐了。我将自己不需要的物品扔掉，我很开心；被我扔掉的物品找到了新主人，我很开心；新主人正好需要我所扔掉的物品，我也很开心。还有比这更完美的回收利用吗？

9月1日

墨西哥圣母像磁贴

也许是因为有趣，也许是因为新奇，也许是因为价格便宜，我一下子就买了好几个。也许是担心弄丢，所以我想把它送给谁，或等它旧了再拿出来用。当初，因为想和大家一起分享这个圣母像磁贴，我在墨西哥一口气买了好几个。这可是只有墨西哥才有的黑皮肤圣母呢，难道不觉得很新奇吗？因为圣母是在那个名字叫作瓜达卢佩的地方出现，所以我们也可以根据地名称它为瓜达卢佩圣母像。

可如今再看时，却发现圣母的脸不是黑色的。她也是东方人的面孔呢，怎么会这样？难道这不是只有墨西哥才有的圣母像？竟然都一样，那就留下一个，其他的都扔掉吧。此外，我于今年年初交到出版社的图画书《熊猫和我的弟弟》终于出版了。这项工作我做了好久，也等了好久。虽然今天有些打不起精神，但毕竟我的书出版了，这在任何时候都是一件开心的事。

9月2日

银脚镯

我到今天才知道它是银的。

9月3日

新式工作室制作的珠链

我只要看到透明发光的珠子就会心动不已。以前，我戴这条项链是为了听别人说它好有感觉，可如今我如果戴上这串五颜六色的珠链，就会显得有些缺心眼儿。而缺心眼儿和有感觉其实是两种感受的极端。现在，随着年龄的增长，我越来越不喜欢它了。在一次家长聚会中，一位朋友对某位家长叫道："天哪，这戒指真漂亮，是银的吗？"那位学生的妈妈回答说："天哪！您贵庚呀，竟然戴银的？这可是白金。"后来朋友对我说："我还以为那是银的呢，太丢人了。"朋友啊，没关系的。不过，我们也别让年龄大到那份儿上。

9月4日

手柄

长得像虫子一样，真的是手柄吗？它是我在东京买的创意商品。除了手柄之外，那里还有不计其数的新鲜玩意儿，例如只能挂毛巾的浴室专用衣架、只要一扣就能将饺子捏成形的饺子模具、只能蒸生鲜的生鲜蒸、能够驱逐院子里鸟儿的签名盘等。而且还不止这些，那里到处都是让人惊讶的商品，保证你去一次回来的时候会失魂落魄。不过话说回来，其实这东西并不怎么实用。这个手柄是在塑料袋的东西太重、手指被袋口勒得生疼的时候用的，本来我以为自己会经常用到，但其实不然。所以，我打算将它送给能够好好利用它、需要它的人！

9月5日

牛仔短裙

在那段非牛仔不穿的日子里，我穿过牛仔裤、牛仔短裙、牛仔衫，甚至牛仔风衣……虽然现在重新流行起牛仔服装，但不知为什么我现在却穿不了那些。可能是因为哪怕不太闹腾的牛仔也能闹腾地展现年轻的岁月吧，再不然就是变得无法忍受那硬邦邦的不适感了？一旦我的身体感觉不舒服，我的心也会跟着不舒服，甚至还会动怒。如果我想让自己变得快乐，就得让自己的身体最大限度地觉得舒服。现在的我喜欢用舒适的材质做成的柔软的、不起皱的衣服，当然更喜欢那种不粘猫毛的材质，或者即使粘上了猫毛也看不出来的颜色。如今的我，就这样成了一个喜欢宽松的人。

9月6日

黑色麻花纹样的双排扣针织衫

前年，女儿说想穿双排扣（又名年糕扣）的针织衫，于是我给她买下了这件，可她却没有穿。我想着自己也能穿，于是就将它从女儿的衣柜转移到了我的衣柜里，不过后来我也没怎么穿。日子一天天转凉，但我觉得穿上这件针织衫的感觉就和昨天的牛仔一样搞笑，好像是四十岁的大妈扎着辫子穿校服一样。

9月7日

在墨西哥买的珠子发卡

和长发相比，我更喜欢短发，因此常常将头发剪短，短到要过两年才能扎起来的程度。这枚发卡对现在短发的我来说太过华丽，因此我打算扔掉。我回顾了一下最近扔掉的那些物品，发现这些全部都反映了我年轻时的喜好。扔掉它们，就好像在扔掉年轻时候的自己。我可以理解成我又成熟了一个层次吗？今天，我带着女儿和女儿的朋友们去清溪川参加金赵光秀导演的同性婚礼。可不知哪个家伙竟然在那个开心的婚礼上投掷物品。即使有人以她们和自己不同为由对其进行非难、辱骂，但她们的婚礼是美丽的。我希望女儿和女儿的朋友将来也能成长为知道如何尊重“不同”的成年人。在清溪川大桥下举办的结婚晚宴上，我们随着演奏的音乐和节拍，即兴跳起了舞。

9月8日

由墨西哥产的天蓝色石头和黑色石头做成的项链

看来就算是去趟墨西哥，我也买回了好多最终还是要扔掉的物品啊！

9月9日

猫咪银胸针

我觉得金的闪亮有些夸张，而擦擦会闪闪发光的银的光亮则很可爱。所以和金相比，我更喜欢银。我每次看到银店，必定会去观光一番。这枚猫咪胸针就是在我养猫之前、在我不摸猫也不喜欢猫而只喜欢猫的模样那会儿，买自弘大前面的一家银店。那个时候的我真的觉得这枚猫咪胸针好看吗？不知道为什么，我现在并不满意这只银猫咪的表情。看着看着总觉得它好像隐藏了什么似的变得玄玄乎乎的。无论是谁，如果我觉得他隐藏了什么，心情就会变差。哪怕是猫咪也不可以。

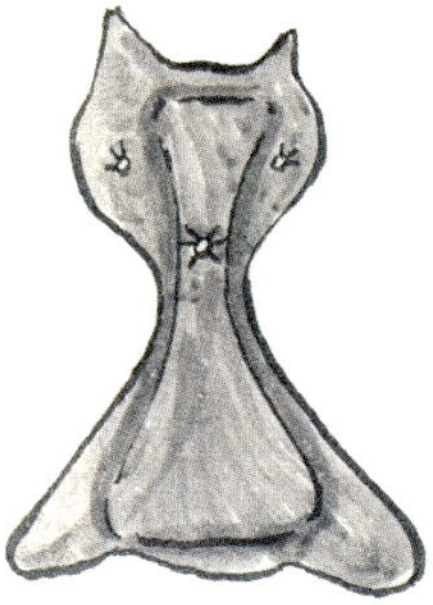

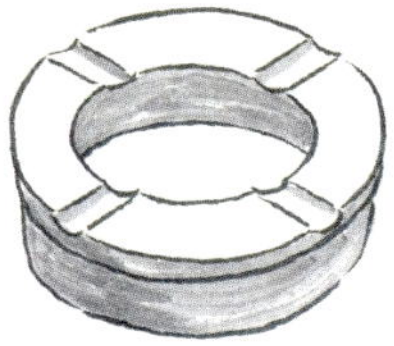

9月10日

买自越南的铝制烟灰缸

虽然这只烟灰缸分明是作为烟灰缸而诞生的，但它在我的书桌上却像傻瓜似的被我用来盛放小橡皮或回形针等小物品。对于我们这些烟鬼来说，这只烟灰缸显得太可爱。作为一只烟灰缸，却一次都没闻过香烟的味道，是不是很委屈？我得趁着这次机会，将它送给一位没吸那么多烟的新主人。（我从越南滨城市场买了很多像这个烟灰缸一样，能让我回想起往事、廉价却很有趣的物件。）

9月11日

丈夫制作的陶瓷玩具——幽灵猫

讽刺的是，自从我决定每天扔一件东西后，我的房间就变得更乱了。因为我要扔东西，我要写日记，我要将家里折腾一番。翻出物品后，我还要将它放入另一个专门用来扔东西的箱子里，真是没辙。而且那样的箱子还越来越多。不知怎么回事，我的房间可以说已经到了乱七八糟的地步。在这种难堪的情况下，为了筹备流浪猫的善款基金，我打算9月末开一个跳蚤市场。“遗弃的箱子”里所装的物品如今终于真正找到了它们要去的地方！现在，我得收集值得卖掉的东西了。尽管它们会以一两千元的价格被卖出去，但这是为猫咪筹备的跳蚤市场，所以还是稍微上点儿心吧。在征得丈夫同意后，我画下了即将离开我房间的两只幽灵小猫。不知为何，这两只小猫一只仿佛在笑，另一只则显得很严肃，看上去十分登对。因为这是丈夫的作品，所以我特别希望它们将来能够遇上一位帅气的主人。

9月12日

少爷家制作的驼色毛大衣

这件大衣如果让四十多岁的大妈穿就太可爱了。不过老是这样想就会很委屈，“难道到了四十多岁就不能可爱了？”不过想过之后结论就是：如果衣服可爱，那么穿那件衣服的人反而会更显老。所以，无论穿上后看起来多显年轻，我应该都能推测出服装店里客人的年龄。不知我走进小区大妈们喜欢的服装店，在里面东张西望的日子会不会来？那样的日子不会真的在等着我吧？

9月13日—9月14日

我和丈夫制作的乐高纪念章
另外两个乐高纪念章

在为流浪猫筹款而准备跳蚤市场的这段时间里，我仔细观察了一下之前被我扔掉的物品，觉得它们真的太奇怪太破旧了。有些东西对我来说一度珍贵无比，即使是被我先画下来之后再扔，我也会觉得很可惜，不过不知谁会出钱买它们。由于担心这样下去筹集不到资金，所以我从今天开始，决定扔漂亮的东西。首先要扔的就是我喜爱的乐高纪念章！前年秋天，丈夫喜欢刷刷刷将画画在乐高上，后来干脆制作了纪念章。我无比喜爱丈夫的画作，他画在纸上的毫不犹豫、自信满满的线条能使我的心情变得大好。我觉得他的画和孩子们的画一样纯粹。那年秋天，我和丈夫真的多了很多乐高纪念章，不过，它们都去哪儿了？现在看到的已经是全部了。可能我把它们挂在这件或那件衣服上了。我知道大家无法不喜欢这个漂亮的、能够唤醒个人兴趣的乐高纪念章。这次再看到它们时，它们依然那么漂亮。不知为什么，我预感乐高纪念章一定会卖得很好，所以，我得哄哄丈夫，让他再做一点儿。

9月15日

买自阿西西的风铃

看着喜爱土俗物品的我，丈夫戏称我是“原住民Style”。我怎么看都觉得这些东西美丽无比，虽然也有人不这么认为。在意大利阿西西的某个商店里，我被里面华丽且具有乡土气息的南美风情物品所吸引，买下了这串风铃。当我将它挂在门上，有风儿轻轻吹过时，它就会叮当作响并放射光芒。我打算将它也送到跳蚤市场，是因为我还有一个类似的风铃。此刻，我想起了那家店的女主人。上了年纪的女主人穿着吉卜赛风情的魔女裙，银白的头发没有经过任何染色，就这样长长地垂下来。她的样子看上去既安详又帅气。我也好想将来能够像她那样，自然优雅地老去。

9月16日

万圣节南瓜灯泡

我不太记得这是从日本买的还是从欧洲买的了，反正一定是在旅行途中买的就对了。可我们国家万圣节又不开Party，我为什么会买这个呢？每次到了圣诞节，我也会苦恼一番，考虑要不要把这个万圣节灯泡也点亮。不过不管怎么说，它和圣诞节貌似还是不太搭。虽说它在营造新派对氛围的时候能够派上用场，但如果我真的准备派对，就会因为食物的原因忙得根本没有剩余精力去操心照明的问题。所以，你还是去一个勤快的人那里，去接受她的爱吧。

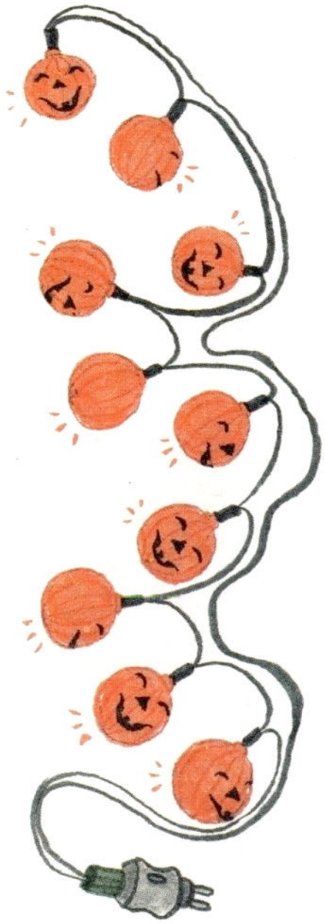

9月17日

在中国张家界被乡下商人强卖的项链

在整理要送去跳蚤市场的物品时，我领悟到一件事。那就是，和那些为了留在记忆中而画下来的物品相比，那些对它没有感情、可以直接扔掉的物品似乎更好卖。因为那些被我画下来的东西曾和我们有过独一无二的缘分，它们往往都很陈旧了，所以看起来不好卖。此外，越是没感情的物品，越不会觉得可惜，甚至还可以直接送给别人。这条项链是我和女儿一起到中国张家界旅行时，路上的商人强行卖给我们的。当时，他一个劲儿地将它塞给我们，觉得能够卖出去，而因为语言不通，我们也都束手无策。我们看上去就那么容易被说动吗？反正，那位商人好像还会看相。尽管这条项链过于华丽，绝对不能戴着出门，但正是托那一小段记忆的福，我将它留到了现在。

9月18日—9月20日

在曼谷米路买的手袋
在普吉岛巴通海滩买的大象包包
在越南买的机绣大象小包和更小的包包套装

在我的抽屉里，有很多从东南亚买回来的包。那些包包渗透着有关不同制作时间、不同空间和不同风景的记忆。尽管它们个个都很漂亮都很可爱，但在现实世界中，它们却没有什么用武之地。为了流浪猫，我欣然将它们都拿了出来。下周就是跳蚤市场开张的日子了，我和丈夫一起，一有空就做乐高胸针和玩具胸针。哎，要将它们也扔掉是件辛苦的事，因为它们都是自己亲手做的啊。不过，这同时也是一件快乐的事。

9月21日

可以用手直接将花放进去的包

我十年前去古巴的时候，女儿才六岁。那里的人们看到为数不多的东方女孩儿，就会大喊“陶瓷娃娃”。当女儿走过去的时候，他们都觉得十分新奇，很想抱她。而这个包，就是女儿那时在那条街道上挑选的。我们家的东西实在是太多了啊！听当地人讲，他们连肥皂、洗发水、圆珠笔都没有，所以常常向作为游客的我们伸手要钱。虽然我们生活在同一颗行星上，但大家的生活环境、生活面貌却是如此的不同。不过，那里的人们即使生活靠接济，也依然热爱音乐和舞蹈。人就是这样以多样化的姿态共存在世界上。

9月22日

印度风情装饰帘

如今……我们家已经没有挂这种装饰帘的空墙壁了。

9月23日

“黑暗中的对话”生态袋

今天，延世大学前的某栋大楼里举办了一次非常“黑暗”的体验活动。即，大家要在光线完全被阻断的黑暗中待上九十分钟，在“黑暗中对话”。而在这九十分钟里，大家要在视觉障碍者的带领下，几人组成一个小组，进行除了看之外的“走、摸、感觉、尝”等所有活动。在这次活动中，我感觉软的更软，硬的更硬，就连味道也不是平时所知道的那个味道了。当视觉被阻断，其他所有的感觉也绷紧了吗？因为放弃了视觉，我开始感到其他的神经都被唤醒。当我们闭上双眼，反而看到了更多。

9月24日

在朋友店里买的友情包

因为这款包是由朋友秀熙亲手制作，所以我非常喜爱，还一度将它当成书包使用。秀熙的手艺很是扎实，如果去到她店里，你就会发现那里整整齐齐排满了各种漂亮包。虽然她制作的包我都很喜欢，但这一个却是我的最爱。只不过我最近要么用生态包，要么用市场包，已经不太用这种袖珍包了。以前，我也曾经对包包充满了欲望，不仅收集好看的包，还会买名牌手袋。后来，从我开始关注生活质量时，物欲就变得有些碍手碍脚，我对名牌和物品的欲望也随之消失。据说自尊心越强的人就越不关心名牌呢，难不成是我的自尊心最近变得太高了？

9月25日

大嘴猴帆布包

十年前，我和女儿在北京的胡同里走着走着，就发现了一个大嘴猴卖场。胡同是北京一种特别有趣的街道，那里有很多咖啡厅，也有很多有趣的商店，由于还保留着老样子，所以还会看到马车、人力车呢。没想到胡同里也有大嘴猴。当时，女儿深深迷上了这个品牌，所以我怀着高兴的心情一下子给她买了好几样。不过这个包包她只在北京用过几次，在首尔好像并没有用，所以到现在还像新的一样干净。拿到跳蚤市场去！因为给流浪猫筹集资金准备跳蚤市场，会员们今天全都聚到了一起。对于商品的价格，我们决定无条件低价。其中大部分都是1000或2000韩元，贵的1万韩元（约60元人民币）到3万韩元不等。啊，赚钱真难啊！除了会员之外，还有很多人说要助阵跳蚤市场，所以也将物品寄给了我们。光是这份心意就让跳蚤市场在开张之前就变得暖暖的了。

9月26日

幸运符

我曾经很喜欢象征幸运的物件，并将它们这里那里地胡乱挂着。就好像伏都教祭司一样。圣母像旁边是墨西哥符和分担烦恼的秘鲁烦恼娃娃。墙壁上方则挂着妈妈送给我的红色福袋。还有不知什么时候从圣堂带回来的圣水、从巴黎捡回来的幸运贝壳。把它们都清理掉吧，因为运气得靠自己去创造。其实，和祈求好运相比，那些物品的模样、上面的图画、复杂的纹样或文字更有价值。当初我是因为祈求好运才喜欢上它们的吗？那么现在，我决定不再祈求这样的运气了。今天，我去看了伍迪·艾伦的电影《蓝色茉莉》。电影中无法抛弃虚荣心的女子茉莉让我想起了伊利亚·卡赞的电影《欲望号街车》中饰演布兰奇的费雯·丽。不愧是伍迪·艾伦，我最喜爱的电影导演！

9月27日

在泰国买的项链零钱包

原本要送到流浪猫跳蚤市场的物品已经整理完成了，可再翻找的时候又出来了一件！是个项链形状的零钱包。我知道家里某处分明还有这样的钱包或手袋，真多啊！明天就是流浪猫跳蚤市场开张的日子。虽然无法估计明天会有多少人来，也不知道能够筹到多少善款，但是那些给我们寄过来物品的人，已经用真诚让我们感觉自己像富翁了。所以明天，我只要小心就可以了。希望我在将家里的东西一件一件扔掉的同时，千万别再眼红什么新玩意儿了。

9月28日

将到目前为止收集来的物品放到跳蚤市场卖

我捐赠了所有物品的流浪猫跳蚤市场终于开张了。当然了，全部卖光是不可能的，不过剩下的东西将全部直通漂亮的商店。将本打算在几个月内扔掉的物品聚到一起，然后让它们一天之内全部消失的感觉是：痛快的惆怅。无论如何，都清理掉了。由于每样物品只卖一两千元，所以轻易就卖掉了许多。这次的纯利润有120万韩元，超过了预期目标值100万韩元。虽然今天累得筋疲力尽，但我觉得这是很有价值的一天，因此非常开心，这全靠猫咪的力量。不过赚钱真的好辛苦啊！真的再见了，我的物品！

9月29日

丈夫从英国泰特现代艺术馆买的项链

丈夫是那种每次一个人旅行都会带很多礼物（我的、女儿的，当然还有他自己的）回来的人。浪漫啊！不过他的浪漫也常常有过了火的时候。其中最严重的就是华丽的裙子和项链。我完全不知道丈夫是出于什么心理买下它们。而我从来就没有喜欢过这种硕大的项链。不过，考虑到这条用皮绳将木珠和塑料珠子串起来的项链毕竟是丈夫送给我的礼物，所以我将它作为装饰在房间墙壁上挂了三年多。不久前，我将它挂在我的脖子上戴了一整天，就当是我为其送别吧。现在，我就在这里，只将丈夫的心意留下。

9月30日

象牙雕刻的哨子

这只哨子是我和女儿两个人一起去中国旅行期间，女儿在张家界为爸爸挑选的礼物。丈夫从来没有使用过哨子，也没想过要用哨子，我当时为什么就没拦着女儿，只是在一旁欢天喜地地看着她买呢？为什么只要去旅行，就会像这样买一堆没用的东西呢？其实，女儿只是单纯想给爸爸买点儿什么，她当时觉得象牙比较适合男人。写到这里，我好像也能理解昨天那条出乎意料的项链了。去旅行的人常常在旅行地为自己周围的人买礼物做纪念，收到礼物的人即使说“不是，干吗买这些个（都没什么用）”，但还是会开心地收下。旅行中的礼物往往就是这样，它们可能本身没有什么作用，或许只是为了博人一笑而已。虽然我也考虑过要不要将那条项链留下，哪怕是为了幽默也好，可我现在却不怎么笑得出来啊。

10月1日—10月31日

快乐：

不被物欲支配的快感

每天扔一件，从开始到现在已有六个月左右，我的日常生活也在这期间发生了几样变化。首先，我会最大限度地节省开支，对于必须买的东西变得非常慎重。为了不再出现买过不久就要扔的情况，我会在买之前再三斟酌。其次，我会仔细观察家中是否有可以取代某些物品的东西，这样就可以不买新的。如果考虑过后认为还是得买，那就会挑选坚固的、质量过硬的，确保它即使过了几年也能修修再用。

以前，我买东西常常受广告迷惑，因为我觉得和流行同步也不错。有时候想要设计漂亮，就得放弃那么几种功能。那些价格便宜、外观漂亮但对我来说其实并不需要的物品就经常被我嗖地买回了家。

不过，现在的我就没有那么容易被迷惑了。我会想各种办法尽可能最大限度地利用家中已有的物品资源。亚历山大·冯的《优雅变贫穷的方法》中有这样一句话，叫“自发的贫穷”。在这个地球资源日渐短缺的时代，贫穷似乎是我们所有人都必须接受的宿命。他说，我们可以快乐地迎接贫穷，将它当成可以一起玩耍的朋友。不过，不是做精神贫瘠的“贫穷的富人”，而是做精神健康的“富有的穷人”，因为生活并不全是靠物质变丰富的。果断摒弃物欲会给你带来别样的快乐，它会比你在物欲支配下冲动购买而得到的一时快感更加持久。

10月1日

木雕笔筒

去年12月，我组织了一次流浪猫聚会，那是会员们第一次在惠化洞一家咖啡厅相聚。当时不知是谁拿出了自己亲手制作的各种木雕制品，说要送给会员们。而那位本身并不是会员，所以只有那一天是和我们在一起的。虽然我不记得她的名字，但我知道她是黄仁淑老师的朋友。这个木雕笔筒就是我从她那里收到的礼物。不过我使用的笔非常非常多，而这只笔筒虽然很漂亮，但是只有五个孔，所以不够用。而且它的孔对于我的笔来说有些小了。虽然把自己从别人那里收到的礼物转送他人使我感到很难过，但我还是觉得，帮它找到一位比我更需要它的主人才是正确的行为。

10月2日

在巴厘岛乌布买的太阳镜

五年前，我们一家人去印度尼西亚巴厘岛乌布、沙努尔和库塔背包旅行。丈夫在当地租了一辆摩托车，载着女儿和我在雪路奔驰。每次想起那个画面，我的心就会掀起阵阵涟漪。在到达乌布的第三天清晨，我一觉醒来发现眼睛肿得睁都睁不开。担心是因为对什么过敏，所以我们去当地医院拿了不知道具体是什么的药，但眼睛还是肿肿的。由于那时距离旅行结束还有很长一段时间，而我起初又没有准备太阳镜，所以只好买了一副能最大限度遮住我脸庞的太阳镜。在那之前，我还从来没有戴过这么大的太阳镜，不过试试又何妨？竟然不错呢。我这才发现原来自己是个遮得越多越好看的女子。虽然这副太阳镜是我急匆匆买下的，但它却给了我尝试新事物的机会。自那以后，我就喜欢上这种款式的太阳镜了。短缺总能促进我们尝试新东西。

10月3日

彩色蜡笔

我从家里翻出了两盒一模一样的彩铅。得送一盒给侄子去。原来，像颜料、彩色蜡笔、彩色铅笔或签字笔这样的物品都是没有保质期的啊！

10月4日—10月5日

釜山国际电影节（什么也没扔）

今天去釜山国际电影节看电影，顺便逛了国际市场，吃了美味的食物，还喝了酒，但什么都没扔，却带着鱼干、贝壳满载而归。这次电影节我看的最精彩的一部电影是马哈曼特-萨雷·哈隆导演的电影《格里格里》。电影中那位患过小儿麻痹症的非洲舞者的华丽舞蹈和惊人反转使观众们在电影结束那一刻全都起立鼓掌。最近，我在思考一个问题：坏人指的是哪种人？每个人都同时拥有善的一面和恶的一面。可是有些人能够唤醒对方恶的那一面。所谓坏人，就是能诱导别人呈现丑恶面的那些人。我所认识的人当中，并没有坏人，只有一些不关照我的人。

10月6日

从陶器卖场买回的砂锅

自从我将这口砂锅买回来，就瞬间陷入用砂锅做饭的乐趣中不可自拔。的确，用砂锅做的饭香喷喷的，即使没什么小菜，也依然会觉得是美味一顿。但是，自从我某天发现砂锅的锅底出现了细小的裂纹，这三年多就再也没有用它做过饭。虽然每次想起我们一家三口当初欢天喜地挑出这口砂锅时的情景，就用也不是，扔也不是。但现在，是时候说再见了。

10月7日

粉色的塑料蒲篮

最近，我一直都在用不锈钢的盆。这个蒲篮没被我扔掉不是因为我爱惜它，而是因为我忘记了。最近找东西太费劲了，当我在怎么看也不能扔的物品中走来走去，苦恼着“今天得扔什么”时，这个蒲篮映入了我的眼帘。真不知道余下的半年，我还能不能好好地做下去。再翻翻吧，彻底地！

10月8日

妈妈送给我的不锈钢小锅

当初，妈妈是盛着食物连带将这口锅一起送给我的。虽然它的盖子是透明玻璃，做起饭来也很方便，但这种中等大小的锅我真的已经有太多太多。如果一个个放，说不定碗柜都会爆炸的。

……

久违的痛经。我都年过四十了，可还像年轻人那样肚子痛。我想“不会是回春了吧”，一位相识的姐姐说“难道不是更年期的症状么”。呃呵，是这样子吗？伤感。

10月9日

金属手镯

中川英子老师为了感谢我为她这次的料理书《品尝故事》画插图（感谢什么，其实应该是我感谢她用我画的图才对），送给了我这只帅气的金属手镯。这只手镯太酷了，但是并不适合我，所以我一次都没戴过它。出版派对那天，我看到英子老师轻松消化了一只和它一模一样的蓝色手镯。但如此华丽的手镯如果戴在我手上，总会显得碍手碍脚不自然，就好像是从哪里借来戴的一样。果然我只适合佩戴珠子一类的。听说，这只手镯还是一位金属工艺家打造的……就在这一边画一边写的时候，我都觉得很可惜，也对英子老师感到抱歉。不过，就算我将它放在我的书桌上，打算什么时候戴一次，那也是心不甘情不愿的。所以，我想我以后也绝对不会戴这只手镯，还是只留下一颗感恩的心，为它寻找新主人吧。我确信周围肯定有人适合它。英子老师，谢谢你！

10月10日

矿泉水瓶子

有些瓶子因为太漂亮，我无论如何都舍不得扔，于是，我就将标签撕下将空瓶子收集起来。不过，普娜矿泉水的瓶子我大部分都是带标签保存的，因为它标签上的橙色、蓝色和天蓝色组合让人一看就觉得很甜蜜，心情也会随之变好。这样的瓶子我的书桌上就有三个，厨房里也超过了五个。现在，只能留一个，剩下的都得扔。那么，就仔仔细细……将瓶子一个个放在旁边吧。今天，我和女儿的班主任见了面。老师称赞女儿在学校的表现非常棒。学习之外的东西也没有什么不会的。我对说这话的年轻老师很感激，对女儿也非常满意。今天心情真好！

10月11日

83连衣裙

这条裙子原本不是我要穿，而是女儿要穿。可买下之后她却不怎么穿，所以我便将它挂到我的衣柜，到如今已是第三年。我试穿过一次，结果只是更加确定这绝对不是我能穿的衣服。四十多的人穿上它，显得太活泼。不知从什么时候起，活泼的着装风格已不再属于我。

10月12日

大嘴猴皮质零钱包

这个零钱包也是我三年前从北京胡同买回来的，只可惜一次也没用过，光用来观赏了。我发现自己真的有好多这样的物品。我该是个多么欠考虑的消费者啊，总是走回头路。秋天忽至。秋天一来，我的心也像秋风一样跟着摇摆。今天，我看了史蒂文·索德伯格的最后一部电影《烛台背后》。虽然这是一部关于同性恋的故事，但说到底其实也是一部深切的爱情故事。爱都是一样的。同性恋是，我是，你是，我们都是。

10月13日

上面有娃娃图形的竹制条形书签

是在泰国，还是在越南？我买来的娃娃书签都被我送出去，现在就剩下这一枚了。这几年，它一直在我书桌上的袋子里露着小脸，可我还是没有用过它，没有为它心动过。虽然它长得很像秘鲁的烦恼娃娃，但我对这种粗制滥造、没有一处干净、未被修整过的脸提不起兴趣。我……是不是对颜值的要求太高了？今天，我和女儿以及朋友一起看了合唱团“热爱”的公演。“热爱”是一个有魄力的业余合唱团。虽然看得很开心，但我还是希望你们能够将歌曲再多多练习！

10月14日

女儿的粉心·自动铅笔

在女儿准备中考前的某一天，我整理房间时，将她不用的笔一股脑儿都拿到了我自己的房间。它们中的大部分都好好的，唯独这支自动铅笔每次放进笔筒时都会被卡。有那么几次，我都在想要不要将它扔了。但回头再试时又会觉得“哦，挺好的，拿在手上感觉还不错”。现在的家中，要找到想扔的物品难度越来越大。因为这里的每一样东西都能让我想起和它有关的记忆以及来到我家的缘由。每天扔一件，无限重复。这绝对没有想象中的那么简单。今天是丈夫的生日，送什么礼物给他好呢？丈夫说要请我陪他一起看恐怖电影《死亡录像》作为生日礼物。虽然我不喜欢恐怖电影，但因为这是丈夫希望收到的礼物，所以没辙，我还是得行个方便。丈夫为什么就那么喜欢看恐怖电影呢？

10月15日

短连衣裙

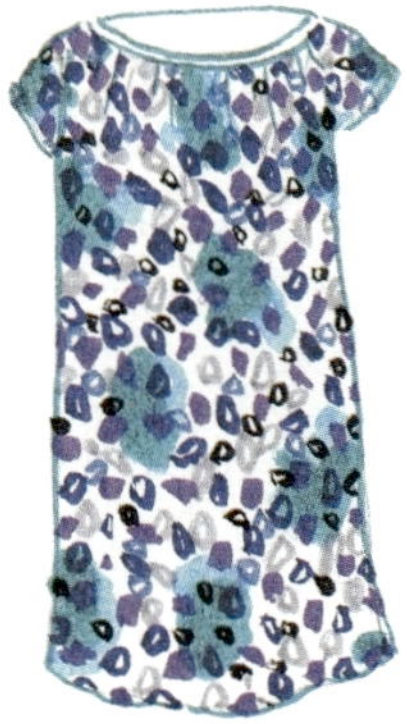

三年前，我被那闪着绿光的漂亮紫条纹吸引而买下了这条连衣裙。不过，这短裙也着实太短了。随着年龄的增长，我对服装的限制也逐渐增加：不能太活泼，不能看到膝盖。难道只有普普通通的衣服才适合我这个年龄吗？真讨厌。这个年纪，想帅气地穿一身衣服也那么难。

10月16日

玩具娃娃婴儿车

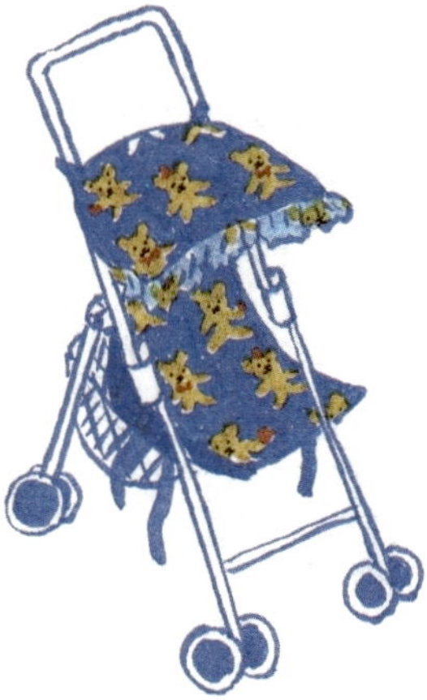

这是女儿一岁到六岁期间特别钟爱的玩具婴儿车。女儿将各式各样的娃娃放入这辆车，在小区里踉踉跄跄地到处乱逛。虽然我因为这段记忆而将它保存至今，但现在朋友生了小孩，所以想将它送出去。如今，女儿的个头比我还高，但曾经的她却是那般娇小，小到刚好能推动这辆车。而那时的我呢，带着小小的女儿，四处张望。在那段艰难困苦的年轻岁月里所发生的许多事，现在回想起来，依然历历在目。

10月17日

在佛罗伦萨买的运动鞋

今天刚好是我们结婚十七周年纪念日，我想扔一件比较特殊的物品，结果找到了这双鞋。这双鞋子是稍微有些深的草绿色，不过我的画笔中却找不到这个颜色。在我们家，这是一双谁也穿不了的运动鞋。当初我们在意大利佛罗伦萨的Puma卖场闲逛时，一下子就被它的颜色迷住了。那会儿，女儿正在嗖嗖地长个儿，我们毫不怀疑她的脚也会跟着变大，所以爽快地买下了它。当时女儿才上初一，穿的鞋是245，所以我们觉得她的脚会继续长到255。谁知，脚的成长比个子的成长停止得更早。虽然女儿的个子现在还在慢慢长高，但她的脚到了250之后就不再长了。因此，这双鞋对女儿来说，成了一双永远的大鞋。于是，我将这双鞋子送给了大脚的正英姐姐，尺寸刚刚好。好开心啊，终于帮它找到了新主人。而正英姐姐也送给了我一双因为尺码小了所以一次都没穿过的帆布鞋。刚好完全倒过来了呢。

10月18日

总是滑到脚后跟下面的猫咪袜子

这双袜子，每次我都说“就再穿一次”，然后就又穿了好几个月。今天，我将速写的原稿全都寄出去之后，拿出了去年还没做完的布艺被子。也许是碎片太小了，我觉得我看不到尽头在哪里。今年之内能做好吗？之前，我一个人在那里难过自责的时候，一位前辈姐姐安慰我说：“要这样想，如果能在女儿嫁人的时候做好就算是万幸了。”噢，这样一想，心里果然舒服多了。女儿的结婚用品，我现在就来准备。原来一旦想法改变，整个世界都显得不同了。

10月19日

浴室鞋

当我将浴室的鞋全都换过之后，水就再也渗不进来了。这双浴室鞋和木屐很相似，但我还是发现它有一个致命的缺点，那就是只要进一次水，就不再好用了。真是一双死心眼儿的呆鞋子。今天，我看了电影《地心引力》。不过中间一直头晕，我甚至都以为自己快要死去了。那感觉就好像是在失重的状态下度过了两个小时。不过，我做梦都没想到自己有一天会被桑德拉 · 布洛克迷住。看来，在还不太了解的情况下，真的不要断言爱谁或者恨谁。

10月20日

变形金刚塑料球

这个变形金刚球是八年前我和妈妈去看望生活在中国北京的妹妹时，为女儿买回来的礼物。不想卡夫卡、菲菲、丈夫，当然还有本来就是主人的女儿对它完全提不起兴趣，也不知道这个球为什么会滚到我的房间来。那个曾经在家中拿着球痴痴玩耍的小姑娘，一转眼已长成了对其嗤之以鼻的青春期少女。童年就这么倏忽一下，过去了。

10月21日

巴厘岛的精油

五年前去巴厘岛乌布时，女儿在飞机上就晕机，后来到了乌布还是继续吐，精神也随之变得萎靡，几乎到了连路都走不动的境地。当时飞机到达的时间是晚上，我跑到附近的超市，抓着不懂英语的大妈，动用手、脚和身体向她说明情况。之后，大妈就将这瓶精油递给了我，说如果将这个带有薄荷香气的精油涂在脖子、脑袋和肚子上就会好转。尽管我半信半疑，但也别无他法，所以我按大妈的吩咐将它涂在女儿身上各处……结果，女儿到了早上还真的仿佛什么事也没发生似的愉快地醒过来了。真是灵丹妙药啊！尽管时间过了很久，我们早已不敢再用，但由于它毕竟是“妙药”，所以就没扔，而是将它静静地放在书桌的抽屉一角。现在，我决定要扔掉它了。查过这瓶神秘的妙药之后，我们发现，原来它是一瓶含有薄荷醇、桂皮、生姜等成分，能够有效暂缓腰痛、紧张、跌打损伤等肌肉和关节痛症的按摩油。

10月22日

会使脚脖子变粗的小熊维尼袜

我发现自己和初三的女儿谈得最多的是音乐、朋友和电影，而学习、大学、未来的打算等方面则几乎没怎么提。这是作为妈妈应该要说的事吗？我上中学的时候也是这样，对学习和未来也毫不在意。养育孩子真的很难，因为家长并不知道那么多的金句哪句才是对的，他们只能就这样试着按照自己的方式来培养。自己的人生得自己去思考、去摸索啊，因为妈妈不能替你活。希望我的女儿知道如何思考和选择自己的人生。而我，只要诚心尽力地支持女儿的选择，并用心做好自己的工作即可。

10月23日

没剩几个的乐高纪念章

为流浪猫准备跳蚤市场的时候，我原本打算将乐高纪念章送给那些捐赠物品的人，结果却晕晕乎乎把它们都卖掉了。那时做的乐高纪念章，我只留下了几个自己特别满意的放在房中珍藏。不过现在，还是要将它们送出去了。啊啊啊，真可惜！觉得可惜？这可不是每天扔一件物品的人应该有的姿态。还是将它们画下来，连同可惜的心境也一并扔掉吧。最近的日子真开心。天空是如此的美丽，让人真想出去走一趟。秋天，真是一个闪亮的季节。

10月24日

优衣库买的白色鸭毛夹克

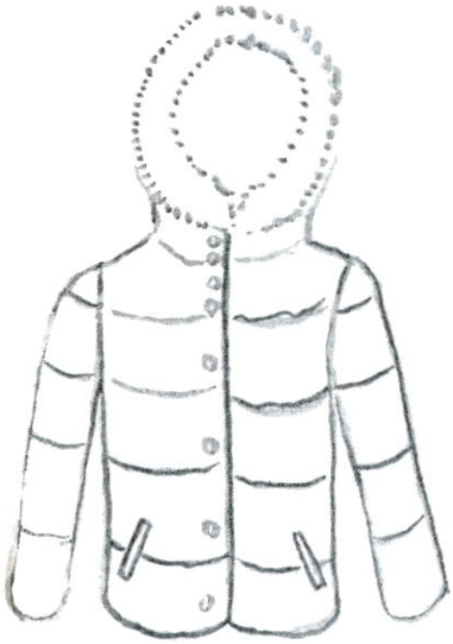

虽然我也很想穿一身犹如雪那么白的夹克，但真的穿上了，看上去又有些显胖。

买衣服时真的要慎重。

不要因为便宜就狂买。

10月25日

两边眼睛和脖子处都镶有宝石的猫咪戒指

每当我看到猫咪物件，就会想起嫂子去年送给我的戒指。为了感谢嫂子的一片心意，我特地将它放在我的书桌上，欣赏了好长时间。当初从嫂子那里接过戒指时，我大赞其漂亮。但其实我并不戴镶有宝石或亮钻的饰品。如果不是我喜爱的礼物，我又该做出怎样的反应呢？难道要直接说我不喜欢它才对？即使这样做是对的，真的实践起来还是很难。当我收到饱含情谊的饰品或服装时，如果礼物不合我的心意，换做以前的我肯定还是会试试，但现在的我却绝对不敢穿戴。不知道为什么，现在的我讨厌任何看上去奇奇怪怪的东西，难道我已经可悲地走到了最喜欢收食物或生活用品做礼物的年纪了？将要在别人手里闪闪发光的黑猫的眼睛，似乎也在寒心地看着我。

10月26日

皮卡丘塑料娃娃

这件原本任何时候都可以扔掉的物件，反而就这样在我的书桌前放了一年多。难道是因为它那双仿佛在说“我什么都不知道”的天真懵懂的眼睛使我没忍心抛弃它？我左顾右盼，到处寻找要扔的东西，就连角落的灰尘都能看见。在我平生都没好好瞧过的隔板上方，玩具和玩具之间，有一层堆积了几年的灰尘。正好，可以趁着这个机会打扫一下啊！今天，我看了丹麦喜剧电影《谁才是导演》之后，便开始思考“什么是艺术”。我觉得这部电影对无视观众、在观众面前假装厉害的艺术起到了一定的警示作用。

10月27日

森林家族兔子养护室套装

我和女儿曾经有一段时间很用心地收集着森林家族的兔子和家具，不过现在都不想玩，所以用一个箱子将它们装起来塞在家中的某个地方。现在看来，当时还有一样没放进去呢。不过，当我在房间的一角看到盖满了灰尘的孤单的你时，心里竟然不再起涟漪。所以，你得从我的房间里走出去了。我的房间里有许多玩具，每扔一个，我的心情就会变好一点儿。看来我得慢慢把房间每个角落的玩具都清理掉了。但这是最困难的工作，因为这些玩具有可能现在还能让我心动不已。就从这个开始吧，扔了这一个，就有下一个了。最近天气逐渐转凉，我一边摘取苏子叶，一边修剪树枝，一边打扫庭院。可是，到现在还剩着的西红柿该如何处理才好呢？这些还没熟透的青色西红柿。

10月28日

猫咪图案的针织零钱包

我真的很喜欢这个零钱包，可没想到洗过一次之后，猫咪身上的黑色毛线就将周围也染得黑不溜秋的了。因为觉得就这样扔掉很可惜，所以我再次将它洗了一遍，谁知钱包上的图案变得更加模糊，黑水也氾得更多了。最近，我常常听到周围的人说担心我，说我太不督促女儿学习了。他们说女儿现在已经上到初三，再这样下去，女儿以后会埋怨我，到那个时候我再后悔就晚了。我也是第一次当妈妈，所以同样烦恼不已。不过学习这件事还是得自愿，不是吗？我相信，当自己下定决心要好好学习的时候再好好学也为时不晚。无论是谁，只要他自己不想改变，谁也改变不了他。我想起披头士的歌《没有什么能改变我的世界》（Nothing gonna change my world），我不是放任我的女儿，而是在尊重我的女儿。我知道将青青的西红柿摘下来放置，直至它彻底变红成熟的过程叫作“后熟”。今年的西红柿我不打算腌制了，就让它们后熟吧！

10月29日

可以在脸部塞照片，当相框用的玩具娃娃

刚开始的时候，我在这个充满了诡异氛围的娃娃相框里放进了丈夫的照片，之后是女儿的。然后，我再将它放在我收集的塑料娃娃中间。每次看到它的时候，我都觉得很有趣，但同时也觉得很恐怖。今天，就让这种烦恼消失吧。弟弟移民去了夏威夷，走前送了一些东西给我。结果在他走之后，我的家中又充斥着各种衣服、鞋子和家居用品。我到目前为止扔掉的物品都变得黯然失色了，怎么办？

10月30日

收集各种玻璃珠的五层玻璃瓶

从几天前开始，小区一位小朋友Pabi就对我说过好几遍：“猫咪姨母，万圣节一定要给我糖吃噢！我会穿着魔女的衣服说‘trick or treat’的呀！”可我还是忘了今天就是万圣节，于是心急火燎地跑到小区超市买来糖果和巧克力。但不知为何，也许是因为歉意吧，我想起了Pabi以前在我们家玩过的珠子并决定将它一并送给她。其实和我相比，Pabi明显更适合它们。连Pabi自己也说很喜欢呢。就在写扔东西的日记时，我忽然觉得寻找东西送人更简单，也更快乐。

10月31日

在夏威夷买的昂贵的丝质衬衣

虽然我的上身如今也长了一些赘肉，但以前我的手臂和腰就像没饭吃的人那样瘦削，而臀部和大腿就像相扑选手那样丰满。那个时候，也只有上衣能够凸显我身上最苗条的部分。所以我会将这件十分喜爱的衬衣穿在身上，然后将下身好好掩藏，这样，我就能感叹自己的身材有多么苗条。今天，我又尝试着穿上它，结果发现无法直视。肩膀和小臂处被挤出来的赘肉使我看上去就像肌肉发达的菜市场大妈。

11月1日—11月30日

消费哲学：

重新想想要开钱包的代价

只要仔细看看之前被我扔过的物品，就会发现大部分都是我想都没想就买下来的。那些都是我轻松打开钱包后的代价。最近，外面到处都是设计帅气且质量不错的物件和衣服。虽然之前下定决心“这次只eye shopping”，但只要稍微逛一逛，我的包就会不知不觉被新买的东西填满，手中也不自觉地多了好几个购物袋。

就是这样买的。一万韩元就能买到个性满满的可爱发卡。（明明是短发，为什么还要买没用的发卡？）两万韩元一件，在院子里工作穿的，手感好，穿上去既舒服又帅气的T恤就到手。（这样的T恤我都不知有多少。）

去市场，那里的生态袋也是又便宜又漂亮。（应该直接用家里有的生态袋呀。）

还有那可爱得不得了的洗衣夹。（洗衣夹在洗衣服的时候不是看不太清楚吗？）嗯，还不是因为它不需要多少钱就能买到。

我觉得我现在不是在选择消费，而是被要求选择。我觉得我活得就像消费产业的奴隶。像我这样轻易就打开钱包买东西，到时扔东西也同样显得那么容易。再次打开钱包的时候，还是先想想吧。虽然钱是个问题，但因为它而堆积起来的垃圾问题更大。像这样生活下去，说不定有一天我会死在被我扔掉的垃圾废墟下。

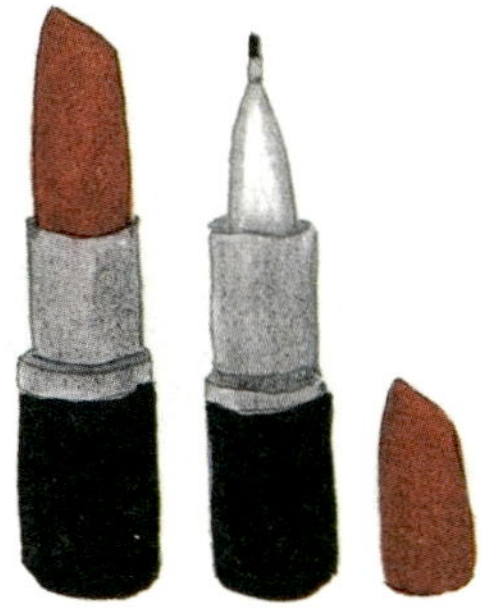

11月1日

看上去像红色唇膏，打开盖子才发现是黑色圆珠笔

这是一支买自Pollalla展厅、酷似兰蔻口红的圆珠笔。如果我将它就这样亮闪闪地放在书桌上，每一个看到它的人都会来一句“噢，口红的盖子开着呢”。这是一支能够带给周围人笑声的圆珠笔。今天，我再次将它握在手上，感觉不错，出水也流畅。不过它也有使用起来让人感觉不太方便的地方，那就是偶尔也会写不出来字。其实，如果不想要了，什么理由都成立。

11月2日

电影《珠光宝气》宣传手镯

今年夏天，我和女儿一起在艺术之家看了《珠光宝气》。也许因为这是一家值得信赖的影院，那里就连宣传用的物品看上去也格外好。以前，女儿根本就不拿那些，因为我说那是免费的……这次，她却一下子拿走了。为什么我们在免费的物品面前意志力就变弱了呢？这些不断增加的无用物品，为了扔掉它们，我一面写着日记一面重蹈覆辙。绝对不要因为免费物品而动摇，要知道，我们可是连花钱买的东西都会扔掉。

11月3日

带有两支小笔的人体彩绘颜料

这是女儿小时候玩过的人体彩绘颜料。我记得她大约在脸上或身上画了一年左右，之后就把它当成普通颜料在纸上画了。颜料有两盒，其中一盒完全是崭新的。看到它们，我的心情变得沉重起来。又不能和周围的孩子们一起分享，干吗这么贪心霸占着两盒呢？如果可以，我希望下辈子是一个无论买什么商品都是想过之后再消费的人。

11月4日

妈妈以前买给我的大马克碗

啊，妈妈，我的妈妈。虽然我真的也很喜欢碗，但您却从来没有给过我挑选碗的机会。不过还是要谢谢您。妈妈，谢谢您总是如此过分的爱。

11月5日

盛放谷物的六面容器

随着日子一天天过去，扔东西的工作也变得越来越力不从心。

让我不再激动的物品也在慢慢消失。

Sports
Body Paint

KLUTZ

11月6日

什么也没找到的一天

真的没有，如果再翻翻衣柜肯定会有的吧，不过我今天没有那个力气折腾了。

是不是得扔了我那“一定能扔掉什么”的豪言壮语呢？

11月7日

褐黄色和橄榄色相间的羊毛围巾

也许因为它是羊毛，所以摸上去就像棉花糖一般松软，而围巾的两头也处理得十分女性化。尽管我一次也没有戴过它，但由于它不是谁特地为我织的，所以今天也得扔掉了。其实，要扔掉别人亲手织的东西会更困难，所以我保存的羊毛衫、背心和围巾等足足有一大包。这些大部分都是妈妈织给我的，里面甚至还有女儿的裤子和襁褓。想到妈妈的汗水和辛劳，我即使下了决心依然不忍扔掉。我要将它们保存一辈子，把它们好好放进包中，好好珍藏。

11月8日

猫咪橡皮筋

这根猫咪皮筋一直被我像宝贝一样保管在抽屉里。曾经有一段时间，只要是和猫咪相关的东西，我都会买下来，这根皮筋也不例外。今天，天气预报说明天的气温会降到零度以下，所以我忙不迭地将院子清扫了一遍，将剩余的西红柿摘下，将花盆搬进屋，并整理了树枝。今年的西红柿长得格外缓慢。夏天那会儿不怎么长，我还以为要完蛋了。原本打算都摘下来，但后来也就这样听之任之了。结果到了冬天，它们就在这个院子里，在我们眼前长出了累累硕果。就像果实有晚熟的一样，孩子也会有晚熟的吧。自从看到我的西红柿之后，我就变得更加坚定了。我相信，只要顺其自然，它们就会在恰当的时机结出果实来。人也一样。我们每个人都有自己的时机，请耐心等待吧。我要让自己成为一个知道等待的成人。

11月9日

家务事

今天，我和老公喝了两杯红酒。其实就是一直都在喝的酒，但现在喝觉得更开心！我们回顾了“一日一废”工程、想起了我的绘画事业。弟弟一家去了夏威夷，我也越来越思念他。当初，他是如何下定决心就这样将所有的东西扔下，毫无留恋地离开呢？看上去好像也没有什么特别的方法。不过我真的很羡慕他那份势不可挡的年轻。而我有家人和猫咪，我有截止日期……其实，这些都是我的借口。即使活着什么都不想，岁月也会这样凑合着向前游走。我不会忘记，我也曾经勇敢过。周围有人能够刺激到我就是一件值得感激的事。今天，我要扔掉的是家务事。

11月10日

用竹子做的柬埔寨手镯

这个手镯原本不是我的。几个月前，我在一家饰品店一边戴金属环状手镯一边问丈夫“这种风格如何”，丈夫说：“啊，我在柬埔寨买过这个呢，你要戴吗？”于是，他找到这个手镯送给了我。后来，我还戴过它几次。不过十来个环组成的手镯在手腕上咯噔作响，我总觉得它的声音太吵了。竹子做的手镯也会碍手碍脚，我后来变得连金属的手镯也不想要了。原来我并不是什么手镯都能戴啊！难道它更适合斯文秀气、动作较小的人？

11月11日

橘汁生态袋

妈妈常常将食物放在漂亮的容器或袋子里送到我家，这算是和食物一同送给我的母亲式礼物吧。这次，她同样将食物放在这个生态袋中，让我连同袋子一并拿走。原本这个生态袋那么漂亮，我很想用它的。可一来这个袋子太大了，二来LOGO也傻乎乎的太明显，所以我还是一次也没用过。为什么我会有这样的偏见呢？也许我们成人之后，偏见本来就会增加那么一些吧。虽然我也很想努力成为一个不抱偏见的人，但目前还差得远呢。

11月12日

少爷制作的白衬衣

我现在为什么要那么卖力地每天扔一件物品呢？而之前我为什么一样都不扔，全搂着不放呢？看着自己每天走来走去，寻找着要扔的东西，我不禁感慨道“我真的是直到现在都还活得那么难啊”。原本不怎么扔东西的我辛辛苦苦找到要扔的物品，并将它画下来。即使后来扔掉了，我还是会烦恼，还是会心酸。不过，能够确定的是：虽扔掉了物品，但积累了回忆。其实，我觉得自己好像也和之前有些不同了呢。（这件白衬衣看上去超高级，只可惜并不适合我。）

11月13日

贝纳通大红色针织T恤

我曾经一度非常喜爱“贝纳通”的牌子，但是最近买衣服却会刻意避开某个特定的品牌。从“一日一废”工程启动到现在，我上街冲动购物的次数越来越少。也越来越害怕东西堆积成山。虽然我也不确定自己会坚持到何时，但至少现在这样的生活，我喜欢。

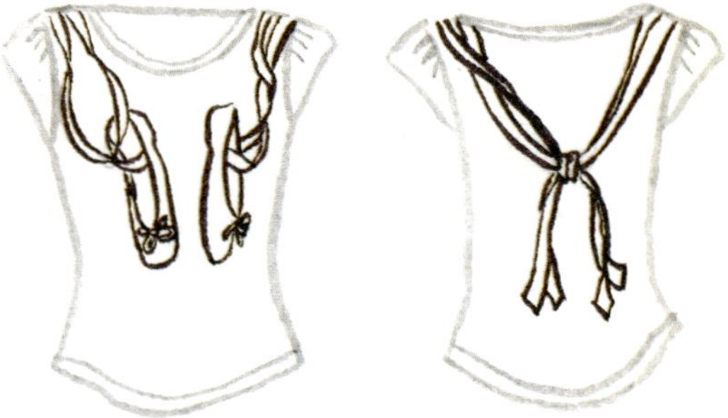

11月14日

一见钟情的芭蕾舞鞋T恤

我小时候的梦想是当一名芭蕾舞女演员。我总觉得只要穿上裙边展开的芭蕾舞服，就能立刻飞起来。我还曾经因为不愿脱掉在学校学习芭蕾时穿的芭蕾舞服，连公交也不坐，就这样一个人背着走书包朝家的方向走，一走几个小时，累得精疲力竭。虽然我现在靠画画为生，但偶尔还是会想象自己成为芭蕾舞演员的样子。如果我当初像那样继续跳下去，说不定现在已经是一名芭蕾舞演员了，不是吗？所以，我一如既往地憧憬着芭蕾舞鞋、芭蕾舞裙和芭蕾练习服。这件T恤曾经是我的最爱，可如今我的身体发福，再穿它时紧贴在身上很是不安。所以我要对它说再见，对芭蕾舞演员的想象也到此为止吧！

11月15日

可可·香奈儿香水瓶

为了纪念长发剪短，我今天特地化了个浓妆，并穿上夹克，把自己打扮得花枝招展，就好像和谁有场约会一样。然后，开始用心工作。尽管做好了随时外出的准备，但我发誓，即使有约今天也绝不出门。抱着一种不是出不了门，而是不想出门的姿态，工作起来还真的很顺利呢。今天扔了一只香水瓶。

11月16日

宜家谷物娃娃

天气突然转凉。今天的天气很奇怪，在下过一场完全不像是初雪的鹅毛大雪之后，太阳竟然出来了。我打算将这个于北京旅行途中在宜家卖场所买的、感觉里面谷物滋滋作响的娃娃送给一位有孩子的朋友。我常常深刻地思考我所做的这件事是否对的，常常想，是不是因为想再买东西的欲望导致我扔掉了它们呢？带着这样的想法，我仔细地回顾了一下，认定它们都是值得扔掉的。干得漂亮！

11月17日

菲菲的点心瓷碗

弟弟在北京给我买了猫咪坐垫和猫咪点心瓷碗，可是我们家的猫谁也不搭理那张垫子，所以我将它当作礼物送给了家中养了很多猫的朋友。今天，看了那位朋友用SNS发过来的猫咪照片之后（那张蓝色的垫子上，不久前新领养的猫咪Tora仿佛被妈妈抱在怀中一样，舒舒服服地趴在那里），便决定连点心瓷碗也一并送给她。因为菲菲最近虽然也用这个瓷碗，但它似乎并不喜爱它。谁让猫咪的兴趣也各不相同呢。菲菲呀，我为你另外准备了一个漂亮的贝壳碟子。秋天一下子到来了。我拿出冬天的装备，一件薄薄的长款羽绒服穿上。丈夫看了，表现出一副很嫌弃的样子。虽然看上去脏兮兮的，还有破洞，但是很暖和啊！

11月18日

优衣库毛夹克

虽然画这件夹克的时候不觉得，但穿上它时，看上去就像个露宿者。两年前，女儿说想穿这件衣服想得要命，于是买给了她。可她只穿了一两次就没有再穿了。而且，每次我穿女儿的衣服时，丈夫都会很嫌弃地说我像个乞丐。在“一日一废”的过程中，既然你们觉得从女儿的衣服到丈夫的袜子都穿的我很可怜，那就求求你们也稍微想过之后再消费吧！

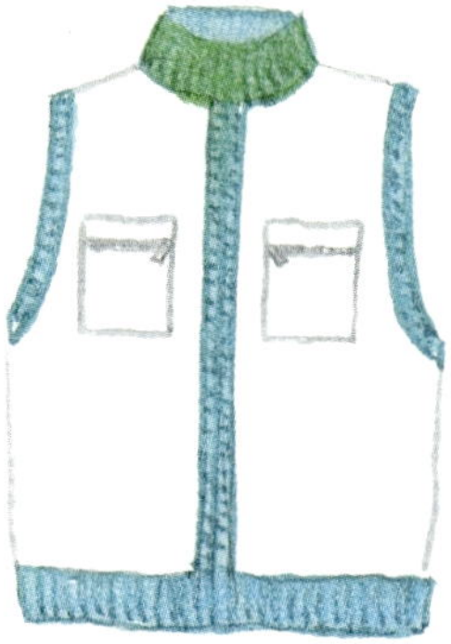

11月19日

妈妈的高尔夫背心

去年妈妈说扔了的衣服不知道为什么很快又拿回来了，反正就是这样被扔的。到了年末，对于人际关系，我想了很多。之前以为自己处理得很好，可忽然想起了那些失误的事情和后悔的瞬间，都是我自己闯的祸，得减少一些才行。只有以后不再犯相同的失误，将来我才能成为更好的自己。天气转凉，连心也变冷了。

11月20日

浅绿色毛织短外套

不知怎么回事，想穿这件像新的一样，从娜英那里得来的毛外套。当初将它干洗之后好好地挂在衣橱里，因为觉得浅绿色太过漂亮反而没穿它。我将要扔的衣服一起拿过来填满了衣柜，就这样无法将衣柜空出来。自己的东西无法扔掉，别人的东西也无法扔。甚至还有几年都不穿，只是看着，无论如何都没能扔掉的衣服，真是太奇怪了。今天，因为要在通义洞准备丈夫的展览，所以我十分愉快地当了一回画作的搬运司机。

11月21日

高领半袖羊毛衫

这件羊毛衫的颜色我看了又看，怎么看都觉得这种蓝色真好看。自从去年稍微长了点儿肉以后，就不再轻易“染指”长度很短的衣服了。不过这件衣服的颜色太漂亮了，所以想将衣服剪了做个什么东西。不过，有这样的精神吗？前几天，我因为剩下的原稿修改忙得不可开交。啊，要求修改的话说得再委婉，也让我的心情超级不快。今天是丈夫的展览开张的日子。和不是很熟悉而只是脸熟的人们打交道真是越来越辛苦了。越是不太了解对方，越容易失误。对于某句话的分量，为什么每一个听到的人所感觉的都不一样呢？

11月22日

紫色针织连帽长T恤

今天被我找出来的是一件紫色针织连帽长T恤。去年太冷了，所以今年去了一趟新世界百货，想好好准备一件秋天穿的夹克。啊，好久没光顾的百货店对我来说真的是一个新世界。竟然有这样的地方，我之前都忘了还有这样的地方，而且，我还发现了因“想过之后再消费”而在挑选物品时变得更加慎重的自己。

11月23日

巴厘产的按摩精油玻璃瓶

妈妈和姑姑来到了我家。当我对她们说我最近都过着每天扔一件什么东西的生活时，妈妈说：“我最近也开始整理东西了。如果我去世了，要扔掉我的物品，你们该会有多辛苦啊！还是趁我有精神的时候扔掉一两件吧。”听了妈妈的话，我突然变得有些伤感。

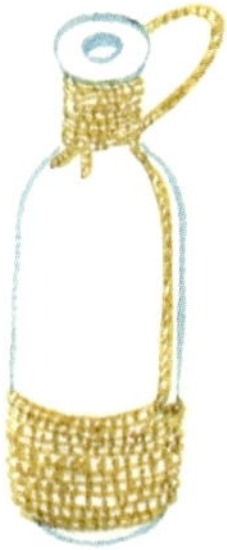

11月24日

女儿小时候用过的项链书包

如果当初没打算这样用文字和图画留下它们，就不会找到这件安安静静放在家中某处的女儿的小书包。现在到了这个程度，扔掉也不错。今天，我打算和朋友一起平生第一次试着腌制泡菜，所以出门买了白菜。两人一共买了二十颗，我能腌好泡菜吗？

11月25日

女儿的头绳

如果说我不知道我房间里女儿的物件有这么多，那肯定是谎话，但这个程度还是令我有些惊讶。当整理房间之后，将女儿不用的物品装满了一个箱子时，我决定果断扔掉它们了。因为腌制泡菜很辛苦，所以这根还有弹性的头绳是我为了今天有得扔而在昨天特地提前找出来的。在妈妈的指挥之下，泡菜终于顺利腌好了。我觉得这是仅凭一个人无法完成的事。

11月26日

盛放香烛的玻璃瓶

我们家一直都在使用能够消除异味的香气、香烛和精油等。但凡能够消除猫咪体味、食物味道的产品我都喜欢。据说这款香烛对驱逐小虫和蚊子效果很好（能够驱逐多少其实无从得知），因此我将它放在了院子里。整个夏天都使用它，这个瓶子现在都变得扭曲了，看到地上的香烛残留物，还是先从清扫做起吧。

11月27日

日记本

这个日记本我使用了一半，还有一半是空白。之前用过的Moleskine是素描本，有这个本子的两倍大，所以使用这个又小又厚的日记本时感觉太不方便了。之前没用过它，后来因为参与“一日一废”开始使用了。不过天气渐渐变冷，手指也都变麻木，数了一下，在这个日记本上写写画画的日子加起来刚好五十天。真是辛苦了，我的手指啊。找一个新本子，把剩下的空白页都扔了吧。

11月28日

草绿色的开衫

五年前，我对亮丽鲜艳、仿佛能看到初春嫩芽的草绿色一见钟情，因此买下了这件XS号的羊毛开衫。女儿还小的时候给她穿过，可现在我们家再也没有谁适合穿这件衣服了。别人是以哪种方式扔掉不再穿的衣服的呢？我开始变得好奇。

11月29日

免费赠送的生态袋

看了巴兹·鲁赫曼导演的电影《了不起的盖茨比》之后，女儿说想看原著，于是给她买了一本。《了不起的盖茨比》分明在我们家某处放着的，但我就是找不到。这种每次到了需要的时候都找不到，所以再买一本的书籍越来越多。我总觉得，如果找不到，那就相当于没有。只要一想到书也要整理一下，心里就变得烦躁起来。不久前，女儿看了伍迪·艾伦的电影《午夜巴黎》之后，越来越喜欢菲茨杰拉德了。所以，一想到有一个和我的爱好越来越相似的女儿，我的心情又会变好，觉得自己还是挺幸福的。今天扔的是免费赠送的生态袋。

11月30日

米菲兔电子手表

迪克·布鲁纳爷爷所塑造的形象中，最有名的就是米菲兔了。之前，因为朋友在米菲兔公司工作，我得以用便宜价格买到米菲兔的产品，还用职员价买下了米菲兔的版画。我们全家都很喜欢他的画，看起来就像是为我们量身定做的一样。那颤抖的线条看上去十分细腻，有人情味，给人一种奇妙的温暖感觉。虽然我还是一如既往地喜欢迪克·布鲁纳的画，但女儿，和米菲兔相比，现在的她更喜欢Coutee。

12月1日—12月31日

努力：

在要扔与不扔之间

Jai guru de va om. Nothing gonna change my world.

（先觉者，会真正让你感悟到：没有什么能够改变我的世界。）

披头士那首《穿越苍穹》的副歌部分老在我耳边盘旋。歌词的意思是，为改变我的世界，得自己去领悟。这一句之所以老在我耳边回响，不知道是不是因为我想要改变我和围绕在我周围的世界。如今一年走到了头，我这样那样的想法也逐渐多了起来。我试着描绘自己真正喜欢做的事、我所梦想的人生以及我想要的生活方式。想要幸福地好好生活，这真是一句很抽象的话。

它能朝着好的方向。

开始每天扔一件的“一日一废”工程是第一步。虽然是很小的决心，但我希望从能够实践的事情开始养成好习惯。

要贯彻一日一废，首先得将要扔的物品和不可扔掉的物品好好分离开来。从视线所及的范围到视线所不及的范围，都得好好把握，不能出现将不能扔的物品都扔掉了的情况。因为这个世界即使有想扔但是轻易扔不了、想扔但是不能扔的情况，但还是会在不知不觉中充斥着各种偷偷扔掉的物品。因此，为了培养自己的辨别能力，为了让自己活得清楚明白，我还需要不懈的努力。

12月1日

在墨西哥坎昆买下的珠子项链

我曾经喜欢在上衣刚好贴身穿的时候，项链也戴那种刚好绕颈一圈的。感觉有点儿像狗项链一样将脖子绕紧。虽然看上去似乎哪里有些不方便，但好像这样会使我的脖子看上去更长更细。之后，再化个烟熏妆，就是一套完美的搭配了。今年夏天的时候，我想着不如戴上试试，结果发现就好像穿裙子戴帽子一样并不合适。到这个年纪了，又有什么办法呢？如果成了奶奶级，大家都是相似的穿戴啊！早晚得烫个卷发。最近，我的头发看上去也掉了很多。难道这就是上了年纪的特征吗？虽然知道不得不接受现实，但还是常常想要回避。

12月2日

弟弟在北京买给我的玻璃沙漏

住在北京的弟弟常常送礼物给我。一般都是让我拿走喝了就没有的酒或茶叶，不过偶尔也会送给我一些奇奇怪怪的小礼物，例如，象牙制作的小盒子、海螺壳制作的装饰品、我不太了解的美术或魔术用具等。玻璃沙漏也是其中之一。弟弟的喜好貌似和我不同，他专挑一些我绝对不会买的东西。沙漏的底部还刻着弟弟的名字呢。这个玩意儿在洗澡或玩游戏的时候非常有用，但是在度日方面，我们都是那类对时间十分宽松的人。

12月3日—12月4日

两个圣诞杯

养猫咪的朋友、前辈童话作家英京姐姐搬家，离开延禧洞之前，在周五开了一个派对，将自己不用的物品分给小区的朋友们。那个时候就应该都拿着出去的。当天，我不断祈求那些不相干的东西千万不要进入我家。年终的氛围真挂心。天气冷、国家乱、经济到了最困难的时候，到处充斥着要修改的稿件，感觉12月过得让人喘不过气来。最近，我想要离开。因为我们夫妻二人都在家中工作，所以很想尝试在不同的地方过不同的生活。马上圣诞节就要过去，等新年来时会有什么不同吗？我得先自己构想一下有趣的事情。加油吧，加油！

12月5日

和妈妈去东大门购物时买的皮拖鞋

不知我什么时候才会想要再次穿上高跟鞋呢?

12月6日

茶壶套装

今天准备将茶具带到派对上，所以翻找了一下装餐具的柜子，结果又找了一套出来。客人来的时候偶尔拿出来，每到那时，我总会向以为我喜欢这种又薄又好看的茶具的客人强调这是“礼物”。因为我其实更喜欢朴素的、有手工感觉的非典型器具。

12月7日

棉质短款风衣外套

最近，我在挑选要带去秋季义卖会的衣服。

12月8日

古着绗缝夹克

这件衣服我已超过六年没有穿了。不过，由于一看到它就会想起朋友，所以一直都没扔掉。现在，因为和那位朋友的关系，就更不舍得扔了，担心如果连这件衣服也扔了，和那位朋友的所有关联也会随之消失。关系这个东西真是太微妙了。有的关系会随着岁月的流逝变得更亲近，有的关系会随着时间的推移变得更辛苦。有不见面却让人舒服的关系，也有常常邂逅却感到不便的关系。那位朋友曾经一度什么都和我分享，对我很好，我们一起喝酒一起欢笑……我觉得如果这样的朋友不见了，那么我的过去也会随之消失。每当一段关系告吹，我都会苦苦挽留。现在，我和朋友之间仿佛隔着一条宽阔的河流，不再为对方焦虑，不再为对方挂心。也许这件衣服和这位朋友，我也是时候放手了。

12月9日

一枚银胸针

就像这样，家里常常会冒出一些连我自己都不知道怎么得来的物件，它们的体积也小，在抽屉里一住就是多年。这枚胸针，虽然我迷迷糊糊记得是妈妈送给我的，但我完全想不起来妈妈为什么将它拿到我家。每次看到这样的物件，我都会惊讶于竟然有这么多样的物品存在。有些东西，虽然我并不会买，但却有另外一些人觉得很帅气，于是创造出来，也有些人出于同样的原因花钱买。所以说，这个世界就是五光十色的吧。当兴趣和品位相似的人们相遇，就是值得祝福的事情啊！

12月10日

新式工作室打造的项链

这是一条由红色的珠子串成的项链，在每两个红色的珠子之间，都有一粒闪着可爱光芒的黄色玻璃花。虽然新式工作室现在没有了，但之前他们设计的所有东西我都非常喜欢。今天晚上，我突然很想将被我收藏在地下室某处的、他们二十年前的作品找出来看。每天都在找要扔的物件，我终于知道当初没扔掉他们原来有这么多这样那样的原因。有时因为一个理由，我都会将某样东西拿出来放进去，拿出来放进去，就这样反复好几回。啊，我原来就是这么优柔寡断的人吗？天上下起了雪，看来到了在家中穿上鹅毛背心和雪地靴的季节。不过，当快递大叔们看到从家中出来的我的装扮后，都吓了一跳。真丢人！之后，如果门铃再响，我反而会忙着去脱背心和雪地靴了。我们家的悲伤冬季开始了。

12月11日

猫咪背影的发卡

今天要扔的是一枚发卡。

今天是女儿的生日，为了庆祝，公公婆婆也出动了。对他们来说，女儿是这世上独一无二的孙女。女儿会有负担吗？喜欢呢，还是不喜欢？女儿来到这世上已经有十六年了，都长这么大了！生日快乐！

12月12日

使用了三年的皮手套

虽然和皮手套相比，我更喜欢毛绒手套，但这双皮手套戴着不仅相当舒服，而且能使我的手看上去格外修长漂亮。之前，在我决定以后不再购买皮制品的当儿，妈妈偶然一次机会将它当作礼物送给了我，所以我对它更依恋了。自从去年冬天，右边那只手套神不知鬼不觉消失之后，我只好将左边那只收藏起来。虽然因为要扔物品我不断地整理家里，但右边那只手套始终没有出现，应该是完全消失不见了。外面的雪下得真大！我忍不住想要烫个卷发，于是急急忙忙出了家门。（之前本来想将头发留起来的，不过从昨天开始又想着卷发不就可以了吗？）几个小时之后，我心满意足地顶着一头卷发回家，在丈夫面前显摆。丈夫说：“你……睡个觉起来，就花钱弄了个头发？”啊，为什么要这样，老公！

12月13日

针织布料的紫色花纹裙子

这条裙子，我夏天到秋天常常穿。不知道是不是因为针织布料会散发隐隐的光泽，所以看上去总像是新衣服一样。不过不知怎么回事，从去年开始，我对上面华丽的花纹开始感到很有负担。今年也一样，对于那些过度华丽的纹样我还是没法穿。它现在就好像不是我的衣服。曾经一度，我喜欢古着针织连衣裙，喜欢大花朵，喜欢亮闪闪的布。如今，我只穿平凡的衣服。本以为自己即使年龄增长也会按照自己的方式穿衣的，结果，对自己还是有些失望呢。

12月14日

里面放有巧克力的组合式玩具

虽然这个组合式玩具被我从雅典露天市场买来后堂堂正正地安置在木质装饰盒内某一格，但它和其他玩具看上去太不搭了，让人看着忍不住要笑出声来。不过，呃啊！刚才丈夫一声悲鸣。他叫道，工作了几个小时的文件突然关掉打不开了。之前，丈夫一整天都坐在电脑面前使用Photoshop涂色来着，现在看来是白辛苦了。这完全不能信任的电脑。不过即使遭受这样的待遇，我们还是得依靠它生活。我们不知有多想扔掉电脑系统，可我和丈夫的工作都是缺了电脑就无法完成。依赖电脑的我们，好悲惨！

12月15日

买书时附赠的生态袋

因为想拥有这个生态袋，我一口气买下了益田美里的《不结婚也可以吗？》《无论如何都讨厌的男子》《秀曾的恋爱》。漫画有两种：一种是因为迷上了故事情节而翻箱倒柜找出来看的漫画，还有一种就是常常回顾自身，想要自己画出来的漫画。益田美里的漫画虽然只是将生活中的琐事娓娓道来，但她的笔触细腻，让我也忍不住想要画出只属于我自己的漫画。而且，她的漫画还让我们觉得身为女人很幸福。说到生态袋，虽然袋子上的画很漂亮，但下面的字却不合我的心意。三本书的书名，甚至连出版社的名字都写在了上面，真讨厌。如果没有那些字，我觉得我会一直用下去的。后来，我用修改液将它们除掉了，不过对生态袋的喜爱也随之消失。看来只好等着益田美里的下一本书了。

12月16日

既可以当项链也可以当手链的珠链

我想清走一两条珠链，不知道是不是因为我的心理也上了年纪。我原以为，即使外表会随着年龄的增长变老，但内心还是能够永葆青春。其实，像现在这样每天打算扔一件什么东西的心早就和年轻渐行渐远了。整理什么，扔掉什么，放下什么，这都是小时候做不了的事。可不知道为什么会那么怀念当时受的罪，怀念那时闯不过去的难关。不过和那时被苦闷浸泡的心相比，我还是更喜欢如今的平常心。生活就是这样不断向前，起锚上路，心情犹如拂过的清风。

12月17日

有种校服感觉的白色百褶短裙

以前和女儿在百货店张望时，觉得这条短裙的线条端庄又漂亮，所以买下了它。女儿成了中学生之后，我好像还抢过她的校服裙子穿，之后因为觉得难为情，所以就没有再穿了。那个时候，我貌似很想让自己看上去显得年轻。一年就要过去了，我的想法也一个接一个地往外冒。现在所拥有的人际关系还能维持多久呢？有一些在意料之外渐行渐远，也有一些关系如愿以偿慢慢走近。看来每段关系也有它自己的保质期啊！

12月18日

白色七分亚麻罩衫

中午，我为一同做瑜伽的朋友们做了一顿午餐。（为朋友做饭不知道为什么那么开心，光是看着朋友们幸福吃饭的样子我就变得开心起来，感觉自己成了奶奶。）晚上，我参加了出版社的送年会。有些人连续几年，每年就只能在这个时候见上一次。这是一种说不上亲密，但也并不生疏的关系，每次看到他们，我感到既开心又陌生。昨天，我也和明年又会再次相逢的朋友们见了面，一起开心地交谈喝酒。就这样，一年又过去了啊！（这件越往下张得越开的A字罩衫，我穿着还显得挺可爱呢。）

12月19日

少爷设计的连衣裙

我打算明天将到目前为止因为要扔掉所以画下来的物件都送到“义卖会”，包括这条少爷设计的连衣裙。啊，光是想想就开心。一想到我正在扔掉的东西也许会在别的地方发挥它的用途，我就十分紧张和激动。因为昨天喝了酒，今天一整天我都瘫倒在床上。要收尾的事情堆积如山，因为是年底，所以我十分松懈。今年的酒就喝到这里吧。现在，工作吧，工作！

12月20日

暖脚巾

今天要扔的物品是暖脚巾。去年冬天因为天气寒冷，我买了各式各样的围巾。用它们把自己的脖子、手臂、腿、头发全部都包起来，十分暖和。我十分开心地画着这幅画。我们家一到冬天就十分寒冷。身体那些末端随着时间的推移渐渐冻僵，感觉就好像身体的部位一个一个去了两极旅行。我看见毫无目的踩着雪的脚趾，去有冰山的两极旅行的鼻尖以及在北欧某处徘徊的手指尖。尽管如此，我不想使用塑料气泡膜。看上去太……看不到未来了。不过，今年讲究不了那么多了，家里所有的窗户都被蒙上了厚厚的塑料气泡膜。啊，新世界！即使没有围巾了也是那么暖和。

12月21日

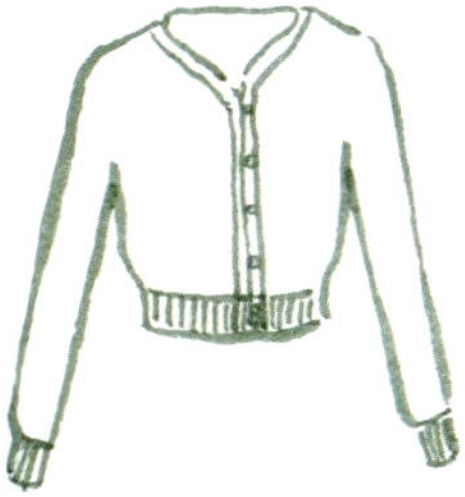

刚好贴身的安哥拉兔短外套

穿上这件草绿色的羊毛外套，就好像一位芭蕾舞女演员，虽然之前我很喜欢，可现在，我的肚子显现出来了呢。为了我优雅的中年，我得远离它了。和朋友夫妇见面，进行了一个简陋的送年会。那对夫妇也有一个和我们女儿同岁的女儿，所以这次聚会所有人都十分开心。尽管这样那样地聊着天，但聊到最后都回到了孩子的发展问题上。父母就得努力将孩子送到大学吗？我真的不知道。虽然我能够为孩子营造一个可以学习的环境，但我相信孩子必须是心甘情愿才会努力读书。我这样想，是不是做父母做得太安逸了？

12月22日

印度风情的长裹裙

我的衣服为什么不旧呢？难道最近就没有人因为衣服变旧了扔掉它么？由于这件裹裙能够将我的体型完美遮到脚踝位置，因此我常常在去特殊场所时穿上它。尽管如此，它始终完好无损，一点儿也没有变旧的迹象。虽然之前我偶尔会将它翻出来穿上，但今年却一次也没有穿它。应该是之前穿的次数太多，穿腻了。

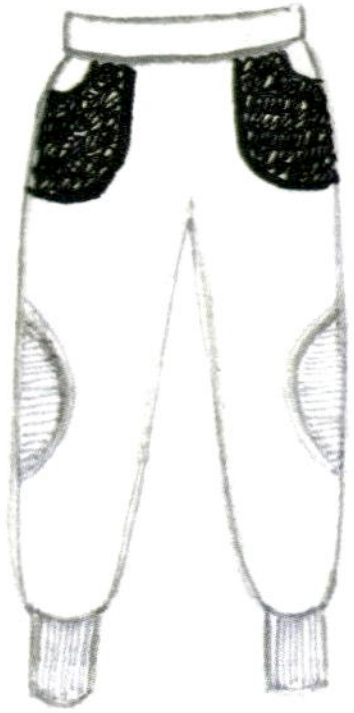

12月23日

口袋里有毛的起毛绒裤

这条裤子里有层厚厚的毛，因此十分暖和。不过脑子里忽然掠过一丝想法，就是将这条裤子扔掉。虽然穿上这条裤子之后我就会看上去很胖，但是由于特别暖和，所以我还是经常穿它。模样不中看的裤子，因为穿上去舒适、穿上去暖和所以常常穿。感觉这个行为和世界上没有眼光的女子一样。义卖会很快就要开始了，朝着苗条的女人跑去吧！忽然和喜欢上霍比特人的女儿重新看了《指环王》。果然还是园丁老师最帅。虽然不能移动戒指，却依然尽心尽力做好自己的本分。我们也应该明智如山姆，不要贪图权和利。

12月24日

到脚踝的针织长裙

这条裙子是去年和女儿一起逛百货商店时买下的。当穿上这件裙子时，整个人显得十分性感，就好像穿和服一样只能走小碎步了。虽然不方便，但是很漂亮。我一直犹豫要不要将这件裙子扔掉，但是上面有太多猫咪毛，无论如何也不能留了。卡夫卡和菲菲的毛就好像被粘在胶带上一样附在这件裙子上，所以这件衣服在家里不能穿。今天是圣诞节前夜，不过还是要扔掉这件喜爱的衣服。今天也是爸爸的生日，是家人欢聚一堂的日子。大家一起吃过晚饭，然后看《指环王》收尾。最近真的陷进霍比特人的世界了。

12月25日

丈夫酒后带回来的帽子

圣诞节这一天，我在弘大街上散步、购物、吃寿司，然后回家，感觉就像进行了一次短途旅行。据说最近强化了著作权，再也不能随心所欲地唱圣诞颂歌了。如果沿路听不到颂歌，貌似无法有圣诞节的氛围。播放着喜爱的圣诞颂歌，圣诞树上的灯泡一闪一闪，我们家今天最有圣诞节的气氛。果然是家中最好，圣诞快乐！

12月26日

李孝宰制作的亚麻刺绣抹布

为什么漂亮的东西就没有办法随意使用呢？我并没有将漂亮的抹布当作抹布使用，而是将它挂在厨房，不用它。不过随着时间的推移，即使是漂亮的刺绣抹布，还是将它送给能够将它当抹布使用的谁吧。今天，义卖会终于开张了。包括这块抹布在内，之前打算扔掉而聚集到一起的物品多得都要溢出来了。我真开心。现在是新的开始！

12月27日

用细绳和陶瓷制成的幸运符

这个幸运符几年里一直很不显眼地挂在我房间电脑上方的墙壁上。由于我的墙壁上挂满了各种物件，以至我都不知道它在那里。我有点儿烦恼，难道之前它一直在暗暗带给我好运气？不过，连存在与否都被我遗忘了的幸运符，还是扔了吧。其实，我本来就不信符咒这种东西的。一年真的要结束了。今年没有什么遗憾的，现在的我只盼望新年快点儿来到。难道是因为过去的一年我过得很有价值？托“一日一废”的福，今年的年末和我之前所度过的无数的年末好像有些不同，今年的我感到无比充实。

12月28日

用施华洛世奇的珠子制作而成的书签

朋友用施华洛世奇的珠子为我制作了这个非常高级的书签。这些被称之为猫眼的珠子闪着奇妙的光芒。因为对朋友怀有歉意，在将这枚书签扔掉是不是对的问题上，我苦恼了好久。不过我一直都使用轻薄的书签，朋友当作礼物送给我的这枚书签五年来一次都没用到过。虽然我总觉得使用书签很张扬也很麻烦，但总有人将它视作珍宝好好使用吧。朋友的心意就留在这里了。今天看了电影《安德的游戏》，女儿和丈夫一个劲儿地说好看，可不知道为什么我就是没办法好好沉下心来观看。

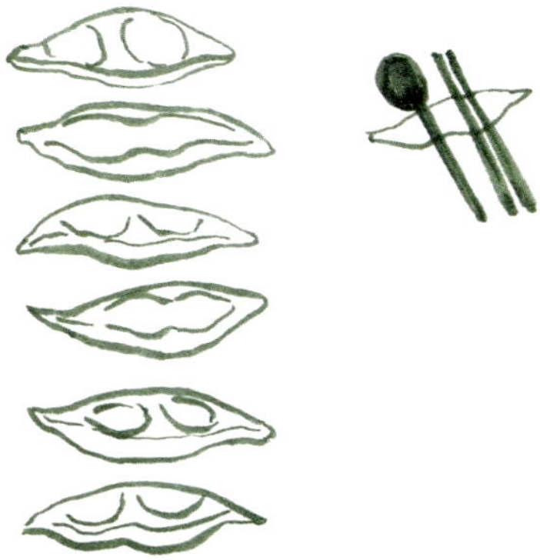

12月29日

六个豌豆匙筷托

这是我以前在朋友房间制作的豌豆形状的匙筷托，当然，它们并没有塑造成我所希望的样子。整理房间的时候，虽然大部分地方都比较宽敞，但偶尔也会出现一些奇怪难搞的死角。谁也不知道我有洁癖症，例如饭桌上我有我的盘碟选择标准，整理被褥时我要求四角务必对齐。电影《涉外大酒店》中有句台词是“现在不怎么好就是那一天还没来到的证据”。如果那一天到来，真的一切都好了。

12月30日

黄仁淑老师给的珠链

“老师，不要再戴这条项链了！太奇怪啦。”怀着这样的心情，我从黄仁淑老师那里接过这条项链。其实，无论是谁戴上它，看上去都显得很滑稽。

12月31日，2013年的最后一天

烟

之前几次打算戒烟，可是很快就失败了。今天，再次扔烟头的同时我决心干脆戒了算了。也许之前就是因为没有顺利将香烟扔掉所以没能戒掉它们。像这种戒法还是第一次。忘掉之前散发出来的大叔味道，忘记忽然发出的爷爷咳嗽的声音，也忘记寒冷的冬天里用冰冻的指尖夹着抽完一根后想再抽一根时，那全身发抖的感觉吧。在这个瞬间，我扔掉了烟。Goodbye，香烟；Goodbye，大叔的味道；Goodbye，2013年。

1月1日—1月31日

错误的想法和不必要的担心：

勉为其难地赠予和接受

之前，我从朋友那里收到过一张陈旧的地毯。当时，我正在称赞毯子的花纹漂亮，她直接来了一句“那么你拿走吧”，将毯子卷起来送给了我。可是，也不知为什么，我收下毯子一拿回家就后悔了。我们家里人还偶尔戏称我像个乞丐。虽然我将毯子整理得干干净净，不过还是有一角被撕了。结果，几天之后，我将它放在医疗收纳箱里之后就完全忘记它的存在了。不过，不久前，那位朋友忽然说起当天的事，“我们的关系亲密到可是连帅气的毯子也舍得痛快送出去的”。我听了直冒汗。或许朋友送出那张毯子的时候多少有些不舍，她真的是因为我才大方地送出了她的毛毯，可我却像收到垃圾似的很是郁闷了一阵子。

记忆这东西本来就是那样。无论有意识还是无意识，大家都会编辑自己想要记住的记忆！那位朋友没有给过我垃圾，所以没必要那么记。如果她认为送我的是一件礼物，那么我只要改变自己的记忆就行了。原来送出和接受并不是一件容易的事情啊！而且，如果将它当作礼物，那么当我给某人一份物品时，心里也会不知不觉想要得到某种补偿。幸好这里记录的物件全部都不是我要扔掉的，如果有需要，谁，怎么用都没关系。就好像海边的贝壳一样。不过，那些和物品一同扔掉的错误的想法和不必要的情感，希望一样也不要带走。

1月1日，新年的第一天

巨大的袜子口袋

这是女儿上一年级的时候，一位同学家长送的圣诞节装饰品。一位个子高、个头大、声音响亮、性格也大大咧咧……整体都大的女人送的大型礼物。之前每到圣诞节，我们都会将它挂在圣诞树上，不过从去年开始，圣诞树上的装饰大大减少，所以它就成为了我2014年扔掉的第一样东西。不过和真的扔掉相比，给它物色新主人貌似更好。我希望今年能够为之前收到了却一直没有使用过的物件，还有那些不用的好东西都找到新主人。新年快乐!

1月2日

女儿上幼儿园时期买的连衣裙

虽然连衣裙能够使身材看上去更好看，但我还是觉得超短牛仔裤配长款上衣显得更加活泼有朝气。今天是向一家出版社介绍一位新生作家的日子。我之前分别认识两边，因为感觉他们双方也合适，所以牵了线。所谓物以类聚，人以群分，就像我们在弯弯曲曲小溪旁所看到的那些形状相似的小石子一样，人也要志趣相投才会聚在一起。

1月3日

黑色羊毛衫

一位朋友突然从丽水过来找我玩，于是，义卖会之后原本收集在一起打算扔掉的东西，除了从黄仁淑老师那里拿来的珠子项链之外，我都让她拿去了。像这样将打算扔掉而收集起来的物件让突然造访的朋友挑选，看到她被幸福笼罩，我知道我的物件有了新去处。这真是有趣的日常。最近，我将家里翻了又翻。虽然寻找物件扔的工作渐渐变难，但“一日一废”的项目至少在满一年之前，我是不会停止的。

1月4日

在蒙特利尔利伊顿中心前买的生态袋

从买这个生态袋的地方是蒙特利尔来看，我应该是在新婚旅行期间买下它的。在伊顿中心前，我平生第一次看到生态袋自动贩卖机。因为感到新鲜而有趣，所以我将零钱塞了进去，于是，这个生态袋就出来了。如今我真的怎么翻找都找不到要扔的东西。由于之前坚持不懈的缘故，如今家里只剩下一些还能让我稍微心动的物件。还是将让我心动的标准再提高一点儿吧。我得更挑剔才行。最近我在戒烟，也开始想要装扮自己了。今天一整天我都在家里尽情臭美，难道是我太百无聊赖了？

1月5日

史努比T恤

在梨花女子大学前面的Libro书店搬走之前，每次看电影我都会先在同一家越南米线店吃米线，然后去同一个电影院看电影，再去同一家书店看书，最后回家，有意无意地遵循着这个顺序。之后，电影院换了，书店也搬走了，顺序就自然换成到弘大那边，逛街头的保税服装店（我曾经非常喜欢的保税服装店现在也都不见了）。如今的我，还非常想念那家越南米线店。对了，今天要扔的物品是史努比T恤。

1月6日

一次也没穿过的飘带吊带衫

我每次买衣服都会买相似的。虽然有时想买新衣服，可最后到手的还是和我已有的衣服设计相同，仅仅是颜色和细节（例如多了个口袋、没帽子等等）不同而已。这件衣服虽然是我冒险挑选的，但最终还是没穿上身。人要适应突如其来的变化总归不是件易事啊！这都是我第六次戒烟了，懵！

1月7日

紫色角质框眼镜

看着每天找东西扔的我，朋友们担心地劝我干脆停下来休息。而我似乎对扔东西非常执着。尽管如此，现在距离刚开始扔一件物品满一年还有些日子。我能够坚持下去的吧？（其实，也许是因为烟的缘故也说不定。）今天找出来扔的是紫色角质框眼镜。

1月8日

草绿色小熊维尼羊毛衫

对女儿来说变小了的衣服却刚好合我身是最心塞的事。因为合身，所以即使一点儿也不适合我，我都无法轻易舍弃。女儿穿这件衣服显得十分可爱，可当我穿上它，看上去却像一位脑子出了点儿问题的大婶。周围有些朋友会将我扔掉的物品拿走一两件。有些东西对我毫无用处，对某些人却是有用的，这让我十分开心。所以，将这件衣服也扔了吧。小宝贝的羊毛衫还是让给小宝贝吧！

1月9日

梨花女子大学门前买下的粉红脚架眼镜

冲动购买的物品可能会冲动抛弃。今天的温度是零下18度，美国东部是零下50度。天啊，这样下去不是都会冻成冰吗？

1月10日

英雄本色太阳眼镜

这是几年前买《英雄本色》DVD时配套赠送的迪凯斯太阳眼镜。戴上这副眼镜之后，形象就会大变。我戴上它，看上去有点儿毒辣；老公戴上它，看起来有点儿坏坏的；女儿戴上它，则显得有点儿轻浮呢。而这副眼镜，周润发戴上却毫无违和感，那张脸真是太厉害了！

1月11日

看着像连指手套，但其实是分指手套

前年，我和朋友们一起去深夜影院时，将和这副手套配套的围巾落在了那里。第二天，我再次回到那家影院找围巾时却怎么也找不到。尽管这副手套是不晃眼的巧克力色，不掉色，还隐约有些帅气，但我从围巾丢失的那一刻开始就不想再戴它了。现在，就将它从我的抽屉里拿出来吧。

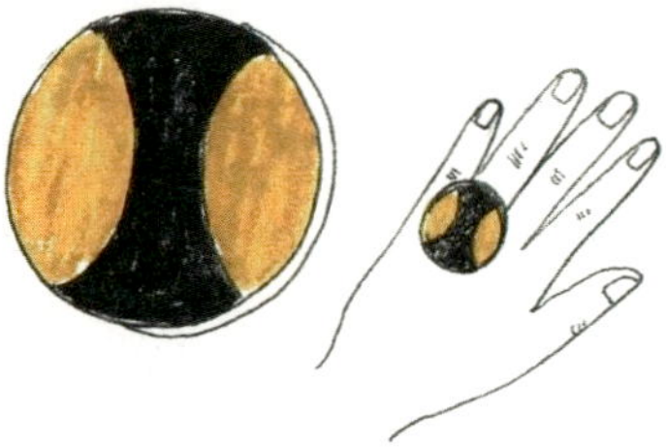

1月12日

镶嵌工艺的硕大螺钿戒指

前年，我去了印度尼西亚的龙目岛，原本期待那里像巴厘岛那样，有很多引人入胜的商店，去了却发现那里还在开发中，整个就是一片施工现场。巴厘岛有很多漂亮的饰品，龙目岛却散发出简单粗糙的氛围。在那里，我好不容易找到了一家卖印度尼西亚特色产品的小店，并在那里买下了五枚螺钿戒指。回到首尔后，我将它们分送给朋友，可她们的反应却很不屑，所以至今还有两枚在我这里。难道只有我一个人觉得这闪着彩虹光芒的螺钿戒指是美丽的吗？

1月13日

荷兰买回的中国纸灯笼

今天，我见了一位十七年未见，通过脸书联系上的朋友。噢，这神奇的世界！在那曾经做着无数美梦的时期，我和她一起烦恼着未来，可自从我结婚之后就和她断了往来。当初结婚第一年时我和丈夫外出新婚旅行，回来后就发现她已经结婚并去了美国。不过，虽然十七年未见，再见时却毫无尴尬之感。我们就好像昨天才见过一样絮絮叨叨聊个不停，并像明天还会再见一样平静地分开。下周她会回到美国家人身边，我们还会再见面吗？和朋友拥抱之后回到家，这个问题在我脑海里一直挥之不去。除了纸灯笼（原打算将两个一模一样的都扔掉，最后还是只放弃了一个）之外，只因朋友说了一句好看，我把衣服上那个用丈夫画作制成的布纪念章也欣然摘下送给了她，同时对物品的心意也悄然发生了变化。

1月14日

小苹果图案连衣裙

昨晚，我翻开了从冬天开始创作的画册。因为是和职业相关的信息类画册，需要进行大量严谨的修正。不过，由于它能使我对职业有这样那样新的认识，因此我是怀着学习的愉快心情进行绘画的。因为都是我之前不了解的知识，所以即使需要修正的内容再多，我都能以明朗的心情进行核改。编辑几次要求我改变自己的绘画风格或线条的感觉，原本我一开始就坚定地表示做不到，不过后来也希望能够改变自己的画风，所以应承下来。可我真的太忙了，因为忙，所以有可能无法在截稿日按时交稿。不过，这个世界上又有哪一位作家会因为忙就将自己的原稿乱画一气呢？就这样，我一边劝慰自己，一边认真地画着连衣裙上的苹果图案。

1月15日

扔掉我的原稿

结论是，这项工作无论如何都不行。素描修正也完成了，彩色原稿样板也上交了，纸张也剪裁好了。现在只剩下最让人开心的上色部分。费劲的工作几乎都完成了，只留下有趣的工作，可我没办法再继续下去了。我找不到他们对我画作的信赖。他们既不喜欢，也不尊重我的画。那么，是应该将它就此结束掉了。编辑说这是误会，说是自己太过贪心了，请求得到我的原谅，可我并未接受。其实，之前在修正素描的时候我就有不快的感觉了。我认为，要完成一本书，编辑和作者应该互相关怀。如果继续以这种心情创作下去，是出不了好书的。

1月16日

哆啦A梦玩具纸抽

我曾经因为要去日本静冈县拍摄旅行杂志，将女儿留在家中，和丈夫一起去旅行。由于驻扎地在日本乡下，那儿没什么女儿喜欢的物品，因此我拜托工作人员将我带到该县最大的百货商场。那时，女儿非常喜爱哆啦A梦漫画书，但凡和哆啦A梦有关的物品，她全都很喜欢，这个纸抽自然也不例外。女儿将纸装进去，把它放在书桌上使用了很长一段时间，不过最近说它有点儿大了，所以没再用。她说并不是因为自己开始讨厌哆啦A梦，而是因为这个玩具实在太过庞大。反正，当我将它的照片拍下来发给一位喜欢哆啦A梦的朋友后，她立刻吵着要。今晚，我得让哆啦A梦好好洗个澡了。

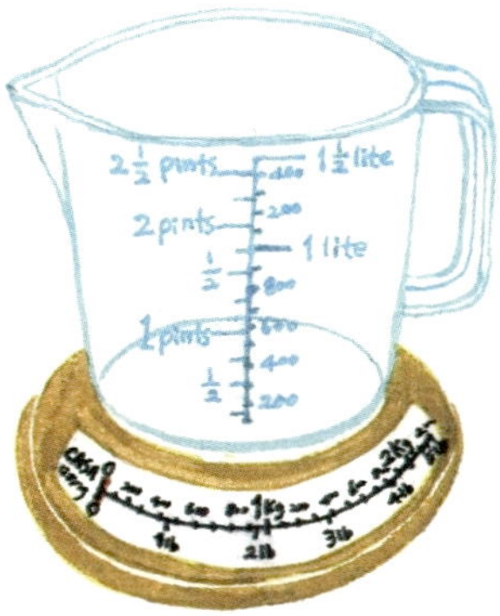

1月17日

买杂志附带赠送的计量器和量杯

之前的计量器在，但量杯不见了，所以一直没办法使用它。因为这个计量器必须放上那个量杯才能正确地指到“0”的位置，其他杯子放上去也没什么用。去年有段时间里，我十分热衷于烤面包，当时折腾了半天也没找到量杯，最后只好重新买了一个新的计量器。可今天我在翻找要扔的物品时却将它找出来了。看来当初我并没有像今天这么用心地找呢。虽然这个计量器看上去并没有什么用武之地，但一年里总会有那么一两次是需要的。我就将这个计量器和量杯一起送给需要它们的人吧。

1月18日

从妈妈那里拿来的花朵图案的杯垫

今天翻了之前没翻寻过的橱柜上方的壁柜，又找出了一些该从厨房清走的物品。果真应该每个角落都要翻到才行。一看到这些有女人味，不，是非常非常有女人味的花朵图案杯垫，就知道是妈妈喜欢的风格。我们家中这类图案的餐具全都是妈妈买的。虽然很漂亮，但不是我的风格。整理厨房物品的时候，我在想，我应该定个什么标准来衡量那些扔掉的物品中，哪些是值得我用画笔记录下来的呢？有些没有被我画下来直接抛弃的物品比被我画下来的更完整更好看呢。也是，虽然我嘴上说是要将它们扔掉，但其实也只是让它们离开我而已，并没有扔进垃圾桶。我作画，只是一种为减少我对曾经拥有的物品的迷恋和歉意的一种途径。别对物品产生感情啊，拜托。

1月19日

花朵图案的盘子

画着盘子上的花朵，不禁觉得……啊，这些花都是如此的美丽啊！因为是花，所以美丽吧。昨晚，卡夫卡跛着后腿回到家中，只要一碰到它的腿，它就发出凄厉的叫声。所以，今天早上一睁开眼睛，我就将它带到动物医院。谁知卡夫卡在医生面前竟然神速痊愈。腿不跛了，而且医生怎么摸它都没有任何痛苦的反应。就好像《非常嫌疑犯》中的“凯萨·苏尔”一样。虽然卡夫卡没受伤是万幸，但我还是有一点儿生气。晚上和以前认识的画室姐姐们，还有其中一位姐姐那已经上了大学的女儿宥娜一起喝了酒。哈，现在我们竟然都能和女儿们一起喝酒了啊！不久前我打算抛弃的螺钿戒指的主人终于出现了。新主人就是这位准大学生——宥娜。请帅气地戴着它哦！

1月20日

六个木雕杯垫

如果它们到了一户有孩子的家庭里，会深受喜爱的吧。

1月21日

女儿用过的吸管杯

厨房里，女儿小时候使用过的断乳食物容器哗啦啦地向外冒。女儿现在都多少岁了，难道这之前我每次搬家都将它们带着吗？今天，我将它们全都清理掉了。只有在扔这只Voris的杯子时，我想着不然不扔了？再次迟疑了一下，所以现在才将它留在了画作里。

1月22日

优衣库的生态袋

由于对这个生态袋非常喜欢，所以我几天之内在优衣库买了满满一堆，最终用两个生态袋将它们装了回来。我都在扔东西了，为什么还要这么做呢？为什么我将它们带回来的时候就没想到以后它们是有可能被扔掉的呢？

FROM TOKYO TO PARI
HO NEW YORK LONDON
JING SHANGHAI HONG
SEOUL SINGAPORE
TOKYO TO PARIS SOHO
YORK LONDON BEIJING
NGHAI HONG KONG S
SINGAPORE FROM
TO PARIS SOHO NEW
LONDON BEIJING SH

1月23日

少爷创业初期制作的T恤

我在抽屉里一阵翻找，挑出了一些要扔的T恤。其中有一件是少爷仔仔细细、一针一线缝制而成，我画下来的正是这一件。他在棉T恤上直接缝上了网纱蕾丝和彩色的扣子，设计十分前卫。少爷最近设计的服装都非常精致和斯文，原来他也曾经有过多次出格的尝试啊！虽然放弃它多少有些抱歉，但是T恤上面的蕾丝其实已经很旧了，看上去就像乞丐的衣服似的。早晚我得去传出婚讯的少爷店里逛逛。

1月24日

几年前从越南买回的锦缎刺绣钱包

我在越南胡志明Ben Thanh市场附近一家有着数不清的漂亮刺绣工艺品的商店里买下了这个钱包。因为越南的物品既便宜又好看，所以我打算除了自己用之外还买一些当作礼物送给朋友，因此一口气拿下了六个。和普通的东南亚物品相比，手工制作的工艺品更能体现真诚的心意。不过，一位最近刚从该地回来的熟人惆怅地告诉我，那里已经和从前不一样了。她说那里也变了，丝绣工艺品的数量逐渐减少，反之成品商品的数量越来越多。可是，这个钱包虽然漂亮，但它的用途却很模糊。它太大了，以至于当我打开它将钱放进去时，纸币会在里面晃动。难道越南的纸币这么大？

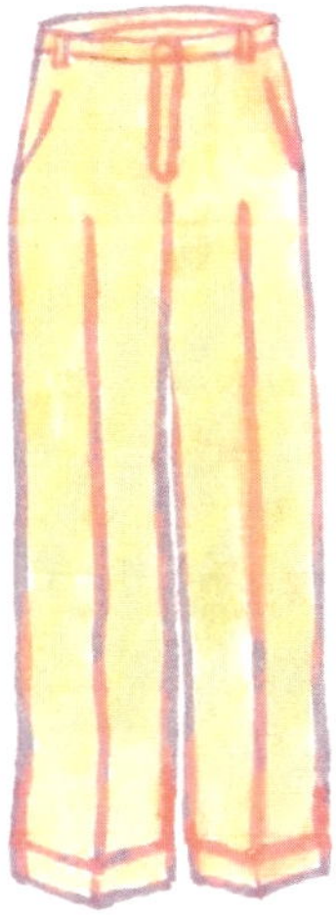

1月25日

镶粉杏色阔腿裤

女儿上幼儿园的时候我们也住在公寓楼里。楼梯式的公寓，每层只有门对门的两家住户。和住在对门的姐姐变得熟稔之后我们总是就这样将大门敞开着，孩子们也在两家来回串门玩得不亦乐乎。姐姐说她还是头一次和邻居这么投缘，待我像亲妹妹一样，而我也对这位虽然初次见面时觉得有些冷漠但后来发现其实很沉着很斯文的姐姐喜欢得不得了。不过我们搬家后，两家只是在刚开始的时候觉得很可惜，见过几次面，之后就渐渐变得疏远，到如今，感情已非常淡漠了。所谓的亲密关系也不过如此吗？原本觉得因为投缘，所以能够永远亲密无间地相处下去，现在才知道，我们只是机缘巧合做了邻居才这样，当距离变远，亲密关系就会随之走到尽头。看着对门姐姐九年前送给我的阔腿裤，我再次想起了她。虽然我曾经因为它的颜色漂亮迫不及待地想要穿上试试，但说真的，它的颜色太漂亮，后来却成了我无论如何都不会穿的理由。

1月26日

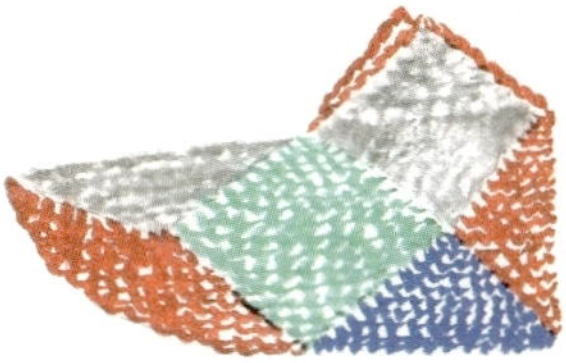

妈妈给的北欧精灵套鞋

去年，妈妈亲手制作了套鞋送给我们。妈妈做的套鞋颜色和形状都很帅气，而且还十分暖和，所以我每天都穿着它。可是有次我不小心将它放入了热水中洗，结果它就缩成了恐怕只有精灵或一周岁的孩子才穿得上的大小。今天，我们一家三口一起去看了莱恩·麦克金利摄影展。顶着很久不遇的凛冽寒风，我们来到美术馆。观看了帅气的照片之后，我也想画画了。每次看完展览，我都会想做些什么，真好！我觉得展览就好似一缕清风吹过我的心尖，使我的心痒痒的。

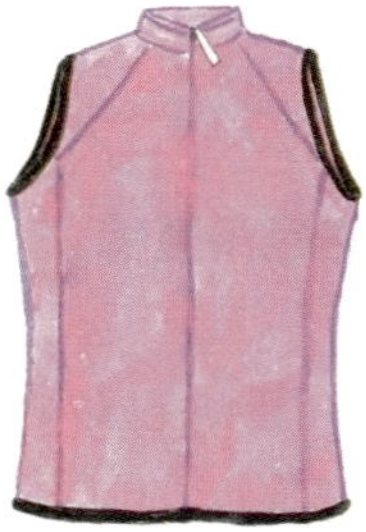

1月27日

奶奶的背心

今天去了一趟爸爸的墓地。因为去年没去那里，我一整年都放心不下，今天见过好久没拜祭的爸爸，向爸爸问候过之后，我的心情才变得舒服起来。而且每次去看爸爸时，因为爷爷、奶奶也在那边，所以我可以一次将他们都问候到。由于现在还没有菊花，所以我买了黄色的水仙花来替代。我以前曾经听别人说水仙花是可以露地越冬的植物，可它如此娇弱的美貌不禁让人起疑“果真如此吗”。我这里有一些过世亲人的物件，例如爸爸的登山袜、奶奶的螺钿柜等。这件背心是姑母让我拿着的，其实，我已不太记得曾经穿过这件背心的奶奶。今天，我去墓地拜祭过所有故去的亲人，回来后就将奶奶的背心清理掉了。奶奶，您能理解我的，对吗？

1月28日

新婚旅行时在巴黎买下的白色麻花羊毛衫

新婚旅行期间，我一看到这件气质优雅的羊毛衫，就想买下它当作礼物送给妈妈。妈妈当时也在我面前表示非常喜欢这件礼物。尽管它的袖子有点长，需要叠起三道才行，但她还是说真的很漂亮。八年后，即十年前，妈妈又将这件还是崭新的羊毛衫还了回来。她说这件羊毛衫袖子太长，穿着不太方便，因此将它珍藏了八年，现在又觉得不穿太可惜，所以交还给我，让我穿。虽然这件衣服并非我喜欢的风格，但我还是在寒冷的冬天，在家里将它好好地穿了几年。不过，如今我有四年没碰过它了。最近，我一直在做整理，并从衣柜里找出了很多要扔的衣服，但也有很多衣服因为自己还想再穿穿看，又被我挂回了衣柜。这样下去可不行。我可不是那些衣服的主人，它们真正的主人正翘首企盼着它们呢。

1月29日

印第安风格的披肩

最近我一直围着这件披肩。今天，当我说“它即将成为离开的物品，现在把它画下来吧”时，一旁的丈夫觉得十分可惜。可在我将它从衣柜里翻出来之前，我甚至都不知道它的存在呢。平生都没想过一次的物品，久别重逢后就为其感到万分可惜，不知道为什么感觉怪怪的。更何况，我已经想好了要将这件披肩送给谁。最近，我倾向于清理那些之前曾因为觉得可惜而没舍得扔掉的东西。

1月30日

由中国老人手工缝制、送给婴儿时期的女儿做礼物的中国童装

很久很久以前，大概是女儿出生那会儿，弟弟的女朋友是位中国人。这件童装就是那位女孩子的奶奶亲手缝制的中国服装。弟弟后来和那位女孩子分手，如今和另外一位女子结了婚，过着安定的生活。也许我真的早就该将这件衣服扔掉了。实际上，这十七年来，我一直小心地珍藏着这件童装，因为它上面有奶奶缝制时留下的汗水。也许正因为如此，我没能将它留给我的亲侄子们。这是一件有趣的衣服，能使女儿一秒钟变王师傅。如今，我得将它送给朋友的孩子。再见了，王师傅!

1月31日

手肘处有荧光的褐黄毛衣

弟弟说要移民去夏威夷，去年年末拿了几件不要的衣服过来，这是其中一件。我后来穿过两三次，觉得它有点儿小。我想“如果衣服小了就会很显胖，还是将它送给苗条的人好了”，于是我关掉灯，拿着衣服向外走。这次，我忽然发现它的手肘处有一块长方形的荧光。天哪，到要扔的时候我才发现这个秘密。今天既是1月份的最后一天，同时也是除夕。所以我白天去了婆婆家，晚上回到娘家和家人一起玩翻板子游戏、喝酒。明天，我就要和娘家人一起进行为期两天一夜的短期旅行了，这还是第一次一位都不落呢。会有趣吗？一半担心，一半期待。

2月1日—2月28日

梦：

梦想没有什么要扔的生活

有一天，妈妈说她正在整理自己的物品。她害怕日后自己过世，整理她生前物品的人会对她说三道四，所以提前亲手将自己用过的物品慢慢清理掉。想到这里，我的眼泪忍不住在眼眶打转。

我除了自己的物品之外，也有几样别人的遗物：朋友的画、爸爸的登山袜、奶奶的螺钿柜。我本来就不是喜欢扔东西的人，所以将它们保存到现在，可等我离开人世时，有人会再次使用这些东西吗？它们大概会被当成垃圾扔掉吧。地球上，每天都有不计其数、各式各样的物品被生产出来，加上包装这些物品的箱子和塑料膜，最终剩下的，只是无穷无尽的垃圾。而垃圾分类或循环再利用也有它的局限性。若我们人类不自我克制，垃圾只会以惊人的速度增加，只会越来越多。

在《垃圾的悲剧》一书中，卢奇亚诺针对“使用过后就扔掉”的消费现象和对垃圾的烦恼问题提出了一个帅气的应对方法，那就是，将垃圾当成武器使用吧。不用核武器了，活用城市垃圾吧；不用手榴弹了，用橙色的垃圾袋吧。啊，如果是这样，世界该有多美好，光是想想就心花怒放。当然，垃圾的味道会很难闻吧？虽然我没有能力像这样改变世界，但我能为这个世界尽一份绵薄之力。我会在我的生活中，将垃圾的产生减小到我能做到的最大限度！

2月1日

弘大门前内衣店买回的小内裤

这是我的娘家人第一次全员出动去旅行。因为大家都住在不同的地区（甚至是不同的国家），所以很难遇上大家都有空的时候。旅途中，大家吵嚷、闹腾、疲惫、找不到北，但因为在一起，所以还是很开心。我想这次旅行也会成为我未来的甜蜜回忆之一吧。就这样，我们在一个陌生的地方共同迎来了2月份。虽然天上下着雨，但还是很暖和。只是侄子侄女们现在还都是小鬼头，尽管很可爱，但他们一窝蜂地跑来跑去，让大人们很是辛苦。他们在一起是很好，不过分开了更好呢。

2月2日

鹿皮裹裙

今天我们从一大早就开始泡温泉浴，吃过午饭后大家都筋疲力尽，开着玩笑说还是快点儿回首尔吧。和孩子们折腾了一整天之后，大家全都很疲惫。我们只是玩，可身体也像灌了铅似的。难道沐浴时间太长也会引起疲劳吗？还是家里最好。也许，旅行的美妙就在于它能让我们再一次感到“还是家里最好”。一回到家，我就从衣柜里翻出了这件裙子。其实，它原本是件鹿皮裹身连衣裙，但我去年想穿短裙，所以将它拿到裁缝店改成了裹身短裙。不过即使这样我也没怎么穿，看来，它不属于我。

2月3日

用细线条描刻的动物木盒

这只木盒没有任何用途，待在我家鞋柜一个不显眼的角落十多年了。我只记得它是在欧洲（布拉格，不然就是荷兰）买的，但不记得它是装什么的。我将它擦拭干净，感觉它在我们家受了不少委屈。不过现在没事了，我帮你找位新主人吧。嗯，是给狗，还是给猫呢？

2月4日

在夏威夷买的儿童布包

我觉得自己三十多岁时的时尚感觉有些奇怪。这个布包分明就是小孩子用的，可当时已成年的我却整天带着它出去。记得那会儿经常有人问我：“嘿，你是在哪里买的这个玩意儿？”我还以为他们是觉得这个包好看，也想买一个才问的，原来他们是觉得不可思议才问“嘿，你（到底）是在哪里买的这个玩意儿”。他们的潜台词是“到底”，我今天才听懂。也罢，还是把它送给真正的儿童吧。

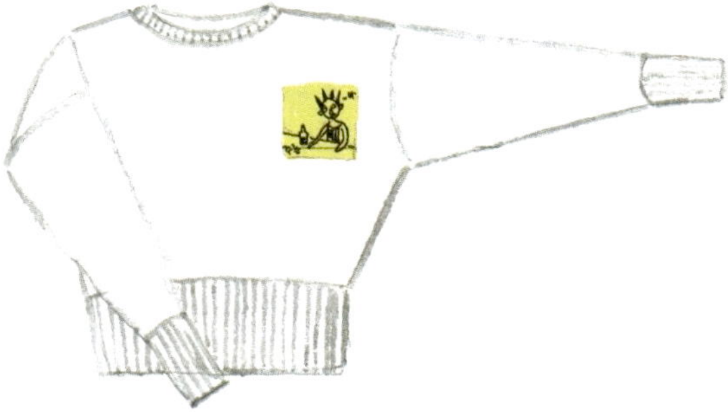

2月5日

少爷送给丈夫的《百事贴》T恤

这是前年丈夫开展览的时候少爷制作的T恤。虽然是平时不怎么穿的鳐鱼形“Man-to-Man”T恤，但没有选择的余地，只能收下。没想到的是，这件衣服穿上之后不仅暖和、触感好，而且板型也不错。因为相同的T恤有两件，所以打算先放手图案鲜艳的这一件。有时我们单看外表无法了解一个人，而深入了解之后，对他的印象可能会不同。衣服也是这样。所以说，无论是衣服还是人，我们都不能随便下定论啊。

2月6日

假小子棉夹克

“啊，还有这件衣服”，在衣柜中这件被我忘得一干二净的棉夹克口袋里，我还找出了13000韩元。从很早以前开始，我就有在冬季外套里放钱的习惯。虽然不会故意放钱进去，但如果发现口袋里有钱，我一般不会立刻将它拿出来，而是就这样将衣服挂回衣架。过了很久之后，当我再次看到这些钱时，心情就会很好。不久前，我就从外套里拿出了大到25000、小到2000的韩元，一个人乐开了花。今后，我还会像这样将钱留在外套口袋里。

2月7日

在中国买的铁盒

这种相同图案的铁盒，我一共有大小不同的六个。其中，这一只因为说大不大、说小不小，所以什么也没装，一直就这么空着。侄女说她需要一个放首饰的盒子，所以我打算将它送给她。女儿初中毕业了，我现在成为了高中生的家长。女儿嗖嗖成长，而我在慢慢变老啊！我还记得自己上高中时对妈妈的印象。那个时候，我没有将妈妈看成“女子”，而是将她看成“大婶”。想必女儿也是这么看我的吧。我那已经年过七旬的母亲啊，我到现在才开始将您当成“女子”看待。等我的女儿年岁增长，她会当我是女子吗?

2月8日

十年前买的彩绘盘

这只盘子怎么看都不像是我喜欢的类型。虽然我记得买过这只盘子，但是却不记得用过它。但如果是那时买的，我又觉得情有可原。女儿四岁时，我整天照顾孩子，没有工作。当时的我倍感身世凄凉，于是买一些原本绝对不会买的东西，想让自己变成另外一个人。我还说咖啡一定得在咖啡厅里喝，所以格外讨厌购买咖啡研磨机。这只盘子仿佛在向我诉说着当时的彷徨。不过，彷徨已经结束，盘子也悄然退场吧。

2月9日

草绿色小花图案的盘子

之前，我还以为康宁（Corelle）的盘子都扔掉了，谁知又找出了六只。婆婆买的？不然就是妈妈？我已经不打算在家中使用康宁的东西了，所以还是把它们也处理掉吧。康宁，你也太实用了吧。作为一个瓷器竟然不碎，就好像一直不变老的人造人，太恐怖了。

2月10日

去年朋友送给我的礼物——粉色手袋

我喜欢非常小的包包，或者是带有拉链（之前丢过东西，所以如果没有拉链就会心神不宁）的大包。虽然这个粉色的手袋很漂亮，但它的体积不大不小，使用起来不太方便。将朋友的心意丢弃，我产生了一种负罪感，但如果有人能够愉快地使用它，总比扔进垃圾桶好。如果说它有什么缺憾，也只是比较旧了而已。对了，我不是有本能将朋友的心意用图画保存下来的画册吗？其实，除了实物之外，我还可以换一种方式，更有意义地去拥有它！

2月11日

黄仁淑老师的礼物——服务生装

不知道黄仁淑老师是从哪里买的这件衣服，也不知道她是出于什么意图将它送给了我。因为我喜欢漫画，所以让我穿漫画里的衣服？让我偶尔兴起给老公表演一场服务生秀？让我像真正的服务生那样穿着这件衣服打扫卫生、做做料理？黄老师，托这件衣服的福，我的人生偶尔也多了些乐趣呢！

2月12日

由塑料、亚克力板和铁棒制作而成的花瓶

这只花瓶的点子还真是绝妙。据说制作者是看到装替换用的液体洗涤剂、洗发水的塑料袋之后产生了灵感，从而制作了这个花瓶。因为觉得新鲜，所以我一口气买了好几种这样的塑料花瓶。看着相同的物体，却产生了不同的想法。我们看到之后买下来的东西并不重要，重要的是它是怎么被别人想到的。今天，我就将自己到目前为止怪罪环境、怪罪别人的嘴仗也一起扔了吧。

2月13日

一个月前丈夫送给我的姆明包

姆明（Moomin）是我最喜爱的动画角色，所以只要有姆明，不管是什么，丈夫都会买来塞给我。很感谢如此窝心的丈夫，不过姆明使东西更漂亮了虽然是事实，但它也不能抵消所有的一切啊。这个包包一看就知道是鸡肋嘛。老公，我可不是只要有姆明的就全都喜欢哦。

2月14日

567块装拼图

所有的碎片应该全部都在的吧？我想确认一下来着，然而并没有行动。

2月15日

弟弟在北京买给我的木梳

我其实不用梳子。我的头发稍微有些卷，数量也不太多，所以用手指梳梳就够了。这枚木梳太漂亮了，可我就这样将它一直放着，将这个原本有用的物件都快放烂了。今天，我意外得知了菲腊·西摩·荷夫曼去世的消息。为了表示哀悼，我看了一部他曾经的作品《黄昏四重奏》。我试图思考人生、思考艺术。据说有一个悖论：这个世界上并没有所谓对的时间、恰当的时机，因此每时每刻都是对的时间、恰当的时机。是的，的确如此啊！

Les mariés de la Tour Eiffel
Chagall
Chagall
Les mariés de la
Tour Eiffel
PREMIUM
576 pieces

2月16日

惠善姐姐送给我的香烟包

香烟扔了，香烟包也得扔了吧？从我扔掉香烟那天起，到现在已有31加16，整整47天了。可我还是会流鼻涕、生痰、打喷嚏。真想把我的支气管给拔了。

2月17日

从W华克山庄酒店买的防水玩具

在女儿小时候，因为听说首尔也有W华克山庄酒店了，我们计划和朋友、家人一起在那里住一晚，来个酒店旅行。没想到，那里的红色大圆床虽然新奇，但睡上去却不太舒服，我觉得钱花得有些不值。当时，女儿想要这个沐浴用的防水玩具，所以我将它买下来当作纪念。也许是那次酒店旅行太不爽，我对这个沐浴用的玩具也没什么兴趣。最近，我在认真地观看冬季奥林匹克运动会，并且完全被“冰壶”的魅力所折服。尤其是那些将冰壶送出后，为了对准方向一边运气说着“呀，呀呀呀”，一边擦拭冰面的选手，真是太可爱了。

2月18日

串珠艺术

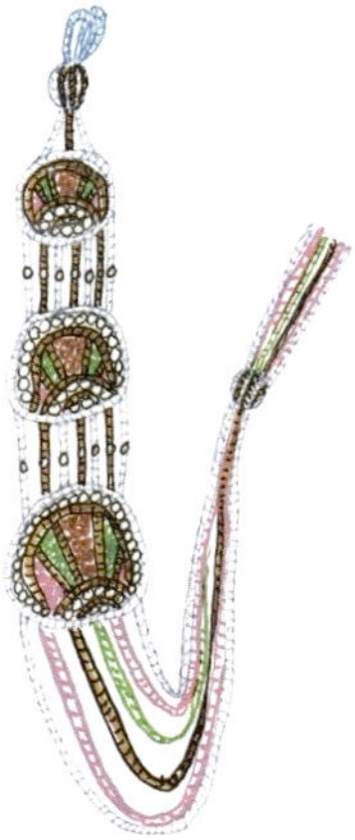

想不起来这是谁送给我的礼物了。

虽然它做工了得、华丽无比，但我连它的用途都不太清楚。

它的样子，既像韩服上的配饰，又像非洲的护身符。

2月19日

用玻璃和塑料制成的茶壶

今天在整理厨房的时候，发现了这盏十年前的茶壶。当初觉得它容量小，又买了一个更大的茶壶，所以这盏就一直没有使用，就这样留到了现在。当我将它擦拭干净后，它看上去就像一个新茶壶。于是，我将茶壶拍下，发给女儿那位爱茶的数学老师，她收到照片后表示很喜欢。今天是金妍儿选手进行最后一次花样滑冰比赛的日子。老天保佑，一定要出好成绩！这是我第一次对家人和朋友以外的、与自己毫不相干的人给予如此恳切的支持。金妍儿，你就是一位拥有惊人力量的选手啊！

2月20日

加盐就能制作沙冰的米奇杯

在上面的小杯中放入冰和盐，在下面的大杯中放入饮料（可乐或橙汁），然后使劲摇晃，美味沙冰就神奇地制作完成了。尽管用这个杯子制作沙冰吃很是麻烦，但这不也是真正崇尚慢生活的人士的必需品吗？女儿小时候，沙冰制作的时间越长，我越开心。因为当女儿持续摇晃杯子的当儿，我正好可以趁机休息一会儿。今天，我突然想起了当初摇杯子摇得手臂都要断了的年幼的女儿。

2月21日

茶壶

我常常喝茶，更喜欢浓茶，所以我从来都不将茶包从茶壶中拿出。如果觉得实在太浓，添些水就可以了。这盏茶壶是前年一位共同创作童话的编辑送给我的，轻轻地将它拿起，越画越觉得它好看。这么说来，我是不是也应该给这次共同创作童话的编辑送件礼物呢？

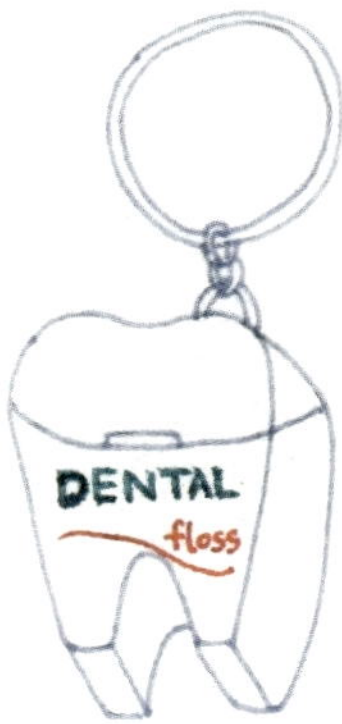

2月22日

装有牙线的牙型钥匙扣

今天，我整理了碗柜和冰箱。这两个地方囤有我买来的各种东西。虽然之前有心理准备，但没想到竟然清出了50千克的两大袋垃圾。那些被我藏得严严实实的美味点心和糖果，还有已过保质期两年多的干货都像新买来的一样漂漂亮亮地摆在里面。年糕、肉、生鲜在冷冻格的某个角落保持冰冻状态，变得干瘪瘪的。在清理它们的时候，我脑海中突然闪现出这样一句话：当用不用，反受其害。这一刻，我对自己很失望。最近，我们家中盛放茶水、牙线的玩意儿，最终还是什么都没留住，都被抛弃了啊！

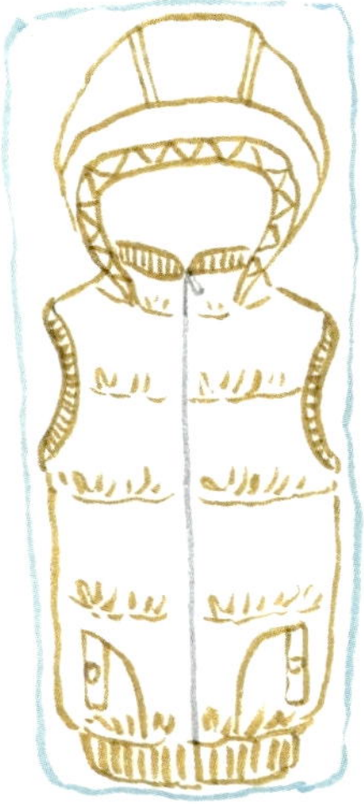

2月23日

瑜伽老师送给我的礼物——羽绒背心

这件羽绒背心的表面至今都闪闪发光。昨天，我深刻地体会到“当用不用，反受其害”的道理，因此下定决心尽早将我不再使用的东西、我不会再穿的衣服送人。其实，只要这件衣服表面的光泽稍微少一点点我也会好好穿的，因为只有像瑜伽老师那样面色红润的人才适合闪闪发光的它。今天，侄子来家中玩，在我那个盛放等待新主人物件的箱子里挑选自己想要带走的东西。走的时候，他背了满满一包女儿不用的笔记本。我开始有点儿担心嫂嫂会不会觉得他怎么带了一堆垃圾回家，会不会因此不开心。

2月24日

大嘴猴游戏T恤

旁边那些附加的小玩意儿都可以粘在这件T恤上玩。女儿六年级的时候穿过一两次，现在说什么也不再穿。于是，我试着穿上它，感觉真心难受。这件T恤到现在还像新的一样，而且也很合我身，就是穿上去显得过分可爱了。啊，这件T恤使我想起了小区的小不点儿，我们小区的福星Pabi！对，这就应该是Pabi的衣服。

2月25日

猫咪拼缝包

原本我并不想扔掉它，因为它能塞进四双袜子、四件内衣，短途旅行的时候很有用。但进一步了解过后，我发现包上这只猫咪的名字是“Tora”，和我朋友的猫咪同名，而我以前也不是它的主人。物品对于主人也是有保质期的，这个期限已过，就得投奔其他主人了。其实比起猫咪Tora，这只包上的Tora长得更像Tora的主人——我的朋友。

2月26日

以前爸爸穿过的高尔夫T恤

老爸，您以前还真是苗条啊！我穿上都紧巴巴贴在身上的T恤老爸到底是怎么穿上去的？因为这件T恤很修身，所以尽管是爸爸的衣服，我在大学的时候也常常穿着它上学。即便后来爸爸去世，女儿出生了，我还穿过几次。如今我的胳膊和身材都变得太粗，真该早点儿扔掉它。今天，这件T恤可以扔掉了。这一页，我只想留下爸爸的回忆。

2月27日

结构复杂的木制相框

突然接到朋友打来的电话，然后一起在弘大门前好好喝了一顿。对着一群画画的人，我之前觉得该放弃素描的感情一股脑儿涌了上来。我曾经那么需要对我的工作了如指掌并能在我身边与我一唱一和的人。今天，我在她们面前尽抒胸怀过后，之前卡在心口堵得慌的情感得以疏通，人也轻松了许多。直到此刻，我才将负面情绪完全放下。今天，我扔掉的不是相框，而是这个啊。

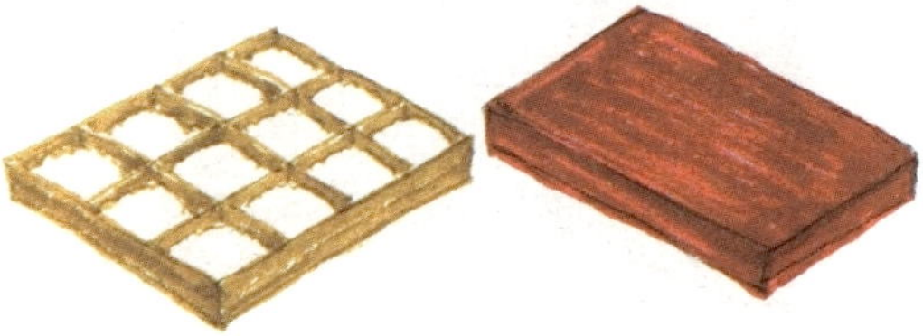

2月28日

从希腊买回的盛放动物木雕玩具的盒子

那些动物木雕在我们家的各个角落相安无事，这只是一个空盒子而已！可我为什么还是觉得很舍不得呢?

3月1日—3月31日

自由：

扔掉，轻轻地

人的东西可以分成两种类型：一种是马上要扔掉的，一种是总有一天要扔掉的。任何人死后都无法将自己的东西带到那边去。既然所有的一切都不能长久，我们为什么还要将这么多的东西抱着不放手，为自己扣上枷锁，使自己无法随心所欲地去想去的地方呢？以前，我可以什么都不想就这样离开，往包里塞几件衣服，说走就走。可现在却根本得不到自由。即使有院子、有花园、有猫咪，我的心还是不能归零。我担心屋顶漏水，打湿我屋里的书；我担心有贼进门，将我的玩具全部卷走。其实呀，没准贼都会嫌这些东西沉呢。

我梦想中的生活并不是这样的。不久前，我学到了一个新单词“Nomad”。Nomad意为“游牧民”，据说其语源来自意为“共同分享”的希腊语。Nomad就是我的梦想。如今的世界是一个全新的世界，我们无论人在哪里，只要能连上网络就能正常工作。尤其是我的工作，只要有纸、笔、颜料和电脑，不就够了吗？我想，即使我能够过上梦想中的游牧生活，我所积累的物品也会缠住我的脚踝，让我寸步难行的吧。如果将这些物品一点点地卸去，绊在脚踝处的重量就会慢慢地、慢慢地越来越轻了。

3月1日

在泰国买的丝绸罩衫

在普吉岛海边的一个商店里，我就这样一口气买下两件色彩绚丽的罩衫，并将其中一件送给了朋友，另外一件想自己穿。不知道收到这件礼物的朋友有没有穿过它，还是只会偶尔看看它呢？或者是觉得这件衣服自己无论如何都没法穿，早就将它转送给别人了呢？没准早就扔了也说不定呢。当初我买下它，是因为喜欢它所散发出来的欧洲原住民感觉。可我一次也没有穿过它，因为它的色彩和花纹实在是太绚丽了。

3月2日

印有老公画作的有机棉T恤

这件T恤上有老公的画作，即使不穿，要丢弃它也很难，因为它只会让我觉得我丢的是老公的画。可如果不扔，“一日一废”就很难继续下去，因为它的意义就在于让自己扔掉之前不穿但没舍得扔的东西。请相信一定会有比自己更适合穿这件T恤的人。最近，天气渐渐转暖。好是好，只是我的喉咙也像吸烟的人那样开始刺痛。不过，久违的蓝天也再次出现了。

3月3日

在中国买的拌沙拉用木匙和木勺

三年前，我在北京旅游时买下它们，不过回来后没用几次，它们就被我塞到厨房抽屉里遗忘了。我们一家人很喜欢吃沙拉，本该经常用到它才对，可我觉得硅胶夹用起来更方便。当然木匙和木勺看上去更好，只是不太适合急性子的我。今天，我去年夏天创作的画册《来我家菜园玩吧》出版了。之前说好春天出版，结果一推就推到了冬天，在这个乍暖还寒的日子面世了。收到这本书之后，要想在书桌旁坐定就更加困难。因为春意渐浓，我也要开始拾掇我的菜园了。看到院子里陆续长出嫩绿的新叶，我的心也开始蠢蠢欲动。啊，春天来了！

3月4日

五双猫咪图案的袜子

有一天，我看到家中帮忙做家务的阿姨的袜子太可爱，忍不住称赞道：“哇，真漂亮！”第二天，阿姨就送了十双左右这种猫咪图案的袜子给我，她说亲戚在袜厂上班，所以有很多。这位阿姨总能将我们家的花草打理得很好，人很幽默，也很爱我们家、疼我的家人和猫咪。后来因为她家中有事，所以只做到去年年初为止。之后，我们再也找不到像她那样能将我们照顾得如此周到的阿姨了。那段时间里，我还向她学到了如何制作美味的拉面和豆腐汤。其实煮美味拉面的秘诀就是将面和汤分开煮，到最后再放一起。真的很劲道哦。阿姨，再次谢谢您！

3月5日

在北京买的陶瓷熊猫玩具

这些是我去年为准备夏天出版的画册《熊猫和我的弟弟》而从北京带回来的熊猫兄弟姐妹，我将其中模样相同的熊猫孩子们都挑了出来。谢谢，谢谢熊猫们！托你们的福，我顺利完成了我的画册。

3月6日

玻璃香槟杯

刚结婚那段日子，我们住在婆婆家，六个月之后搬到了娘家附近的一居室。我从小就在那个小区长大，在小区行走时，很容易看到认识的长辈。那时，小区长辈经常给我一些东西，还会说，小不点儿长这么大了，在一居室开始过小日子了啊！当时我对这话比较恼怒，不过现在想起来也释然了。连国家不也被人说东说西嘛。那时，小区长辈给了我很多吃的和用的，这只香槟杯子就是小区一位奶奶送给我的。我并不喝香槟，可奶奶硬要塞给我，我只好红着脸收下了它。这只从没盛放过香槟的香槟杯和我一同经历了频繁的搬家，一直待到了如今（虽然有一只已经碎了）。现在，你就去会喝香槟的人家吧！

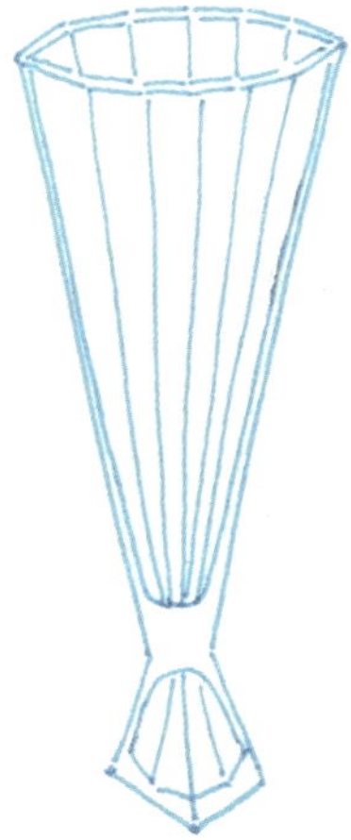

3月7日

用闪闪发亮的红绿珠子装饰的德国红酒杯

漫画家高必贤（音译）在弘大门前开了一家JJOLKIT BAR，因为他说接受别人赠送不用的杯子和碗，所以我在家开心地将各种各样的杯子进行了整理。这只红酒杯是妈妈钟爱的古着杯，它散发出一种古色古香的感觉，让人仿佛感觉到希腊神话中的酒神——狄俄尼索斯扬起下巴、侧卧端起酒杯的样子。我也很喜欢这只杯子，从新婚时收到妈妈这份礼物到现在，整整十七年里我一直都在使用它。现在，我希望JJOLKIT Bar里有更多的人去使用它。在挑这只红酒杯时，很多可以就这样直接扔掉的杯子也一窝蜂地出现在我的眼前。

3月8日

怪异的艾米莉皮钱包

女儿初中时对怪异的艾米莉（Emily the Strange）这个品牌甚是喜爱（虽然不知道从哪天起，就不再看它一眼），而我以女儿喜欢为借口乱买的Emily产品到现在都还留着。Emily的书包我去年已经捐给了跳蚤市场，而这只长款钱包当时让我想起了女儿的幼年时期，结果没舍得捐。它到现在还像新的一样。如果这个长钱包能让别人开开心心地使用，那就送走它吧。其实，也不知道是不是因为这个钱包上的图画太复杂，我不想画，所以到现在才扔呢。

3月9日

蓝精灵训练服

这原本是女儿的训练服，女儿不穿，我就穿上试试，结果发现还挺好看。谁知穿了几天，丈夫表示难受。他说衣服背面的蓝精灵闪闪发光晃眼睛，求我一定要脱下来。我们是生活在同一屋檐下的夫妻，既然丈夫恳切要求，我还是为他扔了吧。今天看了电影《为奴十二年》，感觉很难受，不过也让我开始思考，什么是正义？扪心自问，我们是否也曾经有过因自己的利益和不便，对显而易见的坏事视若无睹的时候呢？

3月10日

空箱子

哎呀，我的天啊！将厨房各处翻过之后，竟然出来这么多空箱子，还都是放了两年到五年左右的旧箱子。不知道为什么，我一看到结实漂亮的箱子，就觉得今后用得上，所以不太会扔掉，尤其是结实的酒箱，甚至还有木箱。还是扔了吧！从今天开始，我决定挑战瑜伽导师课程。我们家所有人都是腰部状况最不好，所以我想成为他们的瑜伽老师。要想教得好，自己得先学。据说修炼瑜伽的女子被称为“Yogini”，修炼瑜伽的男子被称为“Yogi”。我要成为“Yogini”！

3月11日

外星人闹钟

这只外星人闹钟原本一个月前就打算扔的，可在画它之前，拿起来端详一阵后又改变了主意，将其重新放回了桌面。一个月前，我在色彩阶段受挫，扔掉了写生簿，那位编辑曾一个人找上门来。今天，他和主编一同登门拜访，请求我将那份活儿接着做下去。如今反倒是我对他们感到有些抱歉，因为写生簿早就被我扔掉，而且我也没有精力从头再来。现在，我连去找其他东西的时间都没有，所以决定将这只近在眼前的闹钟扔掉。

3月12日

针织毛料拼接的棉背心

今天要扔的是这件针织毛料拼接的棉背心。

几天前，我将酒杯和碗送给刚开张的JJOLKIT BAR，他们回赠了罗勒籽给我。从种子开始栽培可不是一件容易的事，不过我打算今年挑战一下试试。

3月13日

2012年芝山谷摇滚音乐节门票

前年，只为了看一位音乐家汤姆·约克（Thom Yorke），我和女儿、少爷、老公四人跑到芝山（JISAN）。现场听他的声音感觉像梦一般。公演过了子夜还在继续进行。公演结束后，人潮一下子涌出来，路上到处都是热情还没退去的人。就连本该进入停车场的专线大巴也呆呆地停在路旁。看样子，这股热潮到第二天清晨也无法消退呢。虽然停车场很远，但我们还是觉得不如走着去。那天晚上，我们走啊、走啊，走了两个小时才到停车场。然后我们从那里出发，行驶到凌晨五点，终于回到了首尔。尽管感觉腿都要断了，但心情很好，人也充满了力量。果然芝山一趟不负此行。直到现在，我还保留着前年的门票呢。现在，我打算只将那段记忆留在这里。

3月14日

什么都没扔，闲逛的一天

今天是白色情人节（3月14日），丈夫带着我和女儿来到了烤肉店。每次看到肉，我就会对老公和女儿产生歉意。因为我在家中做的所有料理都偏向于不放肉。虽然我很想抛弃对肉的偏见，但只要一闻到肉的味道，我就吃不下了。我的鼻子只对这个异常灵敏。如果蛋白质摄入量不足，身体也会受影响，其实我应该偶尔在家中做顿有肉的料理给他们吃才对。不知为什么，白色情人节让我有种和肉和解的感觉。

3月15日

“大象曼波”缝制玩偶头绳

我很喜欢大象曼波，所以将它后面的皮筋卸去，然后洗干净晒起来，打算改成一枚胸针，可是，我越看越觉得它可爱，如果真的佩戴起来，分分钟让我堕落成一位没有主见的大婶。还是把它送给侄女吧。今天瑜伽学习的主题是欲望。瑜伽的精髓就是：知道如何管理自己的欲望，并将自己的贪恋放下。虽然现在距离成为Yogini还很远，但我还是很激动，因为我正走向Yogini的世界。

3月16日

色彩斑斓的围巾

大概是几年前吧，我在弘大门前一看到这条围巾那春意盎然的颜色就毫不犹豫地将它买了下来。也许是因为小时候常常被别人取笑脖子长，所以我更喜欢那种围了一圈又一圈的长围巾，而这一条只需薄薄地搭上一层即可。春天到了，我开始萌生侍弄院子的念头。

3月17日

华丽的吊带花背心·

虽然这件背心上的图案很漂亮，可它上面闪闪发光的玫瑰叶却不合我的心意。其实，我曾经一度也很喜欢闪亮的东西，可现在却非常讨厌衣服上的发光物。仔细想想，我好像是从搬家到延禧洞后开始不喜欢它们的。这栋房子和闪光，难道还有什么关联不成？

3月18日

一对拖鞋冰箱贴

有一样东西是我旅行必买的，那就是冰箱贴。虽然我们家的冰箱上已经密密麻麻贴满了各式各样的冰箱贴，但一旦去到新地方，我还是会继续买新的。这对冰箱贴买自关岛，而且有不同颜色的三对。留下一对，剩下两对扔了吧。旅行中一定会买的单品有哪些呢？冰箱贴、明信片、地图（一旦和现实不符，那就是拜买地图的丈夫所赐），还有快照（如果看到照相机）。我们果然喜欢小玩意儿呢。

3月19日

透明的塑料机器人书包

这是孩子们喜爱的书包类型。不过，一旦她们从什么时候开始不用它，今后就永远不会再用了。最近，我每天都做瑜伽，周日还会做两次。这样一天天做下来，我觉得自己的身体也变得更轻盈了。

3月20日

猫咪毛毯

去年，我买了大量的暖宝宝，邮局大叔将这个可爱的猫咪毛毯当作小小圣诞礼物附赠给我。猫咪的模样可爱无比，我本应经常使用，可惜我家的膝盖毛毯到处都是。我打算明天去见黄仁淑老师，这个毛毯就归她了。看着家中不常用的物件，就能立刻想起某人，真好！

3月21日

我的虚伪

在学习瑜伽的过程中，我发现自己之前竟然过着如此虚伪的生活。我不擅长拒绝、不擅长求人，也不愿意伤害别人。所以，为了让自己活得舒服，我之前说了无数个谎言。当有人拜托我帮忙时，我不会拒绝，所以夹杂着谎话回复他；当我要拜托别人帮忙时，我不会求人，所以夹杂着谎言询问他。我还曾默默听着伤害别人的话语，用谎言去帮腔。Yogini不能这样做。从现在开始，除了饱含爱意的善意谎言之外，我不会再虚伪了。说真话吧。今天虽然很辛苦，但我按照自己内心的真实想法完成了一次拒绝，干得漂亮。

3月22日

从书桌下找到的新电脑包

我终于开始清扫我家院子了。之前，我无数次下决心，但每次都没有付诸行动。如今，院子里疏疏落落冒出的新芽仿佛在召唤我，再也不能继续拖了。我扫去角落的灰尘，擦净院中的桌椅。此外，我还得将丛生的杂草拔去，将菜园的泥土翻新。啊，春天。这个让人沉醉的春天仿佛很快就要过去了。在瑜伽导师课上，我们学习了人的脏器、骨骼和神经之间的关系。原来它们任何一方都不能脱离其他部分独立存在。人体真的好神秘！

3月23日

十个木夹，还有细绳

我原本打算在房间某处挂一根细绳，然后用五颜六色的木夹挂上漂亮的波拉一步相片。可我的房间现在非常凌乱。四面墙壁到处都贴着照片，玩具多到书桌上放不下，所以在书桌前放得满满的，以致每次移动桌子都十分复杂，让人心烦。所以，这个会使房间更乱的玩意儿还是消失的好。

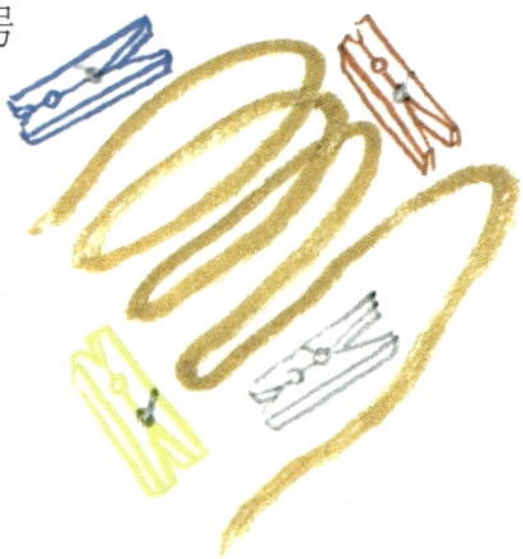

3月24日

两顶圣诞老人帽

难道没什么要扔了吗？我翻找着壁柜，竟然在一堆塑料中发现了这顶圣诞老人帽。这顶圣诞老人帽是我前年买大量的暖宝宝时，邮局大叔当礼物附赠给我的。这样看来，只要每年买许多暖宝宝，就一定会收到意外的礼物。希望今年有谁用得上它。为了救活院子里的草坪，我今天清理了苔藓和杂草。之前，我想试着让草坪和苔藓等和平共处，所以就没有在上面喷除草剂，结果苔藓和杂草越来越茂密。都是我太贪心。今年，我决定干脆将它们分区，分成杂草区和草坪区。既然它们是相杀的关系，我还是让它们各自生长吧。

3月25日

塑料迪士尼人鱼公主

人鱼公主，是我接触的第一个悲剧。虽然我至今对迪士尼将如此震撼的泡沫悲剧改编成大团圆结局难以释怀，但大学时在电影院第一次看动画片的新鲜感还是让我兴奋不已。那轻快的音乐、红发的人鱼公主，让我仿佛又回到了童年。我很怀念第一次在电影院看动画片的感觉，但这个人鱼公主的人像着实不合我意。

3月26日

涂抹口疾的软膏

这只软膏是在一次旅行途中买的，虽然已过保质期两年多，但可能太漂亮了，所以一直没有扔。（果真如此？）我怎么会对软膏产生迷恋……

3月27日

去年买的防晒霜

我房间里有许多已过保质期的物品，其中比重最大的要数化妆品。这支防晒霜涂上后看上去太白，所以一直没有用。今天看到一篇文章，上面说“开封六个月的防晒霜就扔了吧”。看来这支防晒不能再给任何人了。有些可惜，但我还是将它扔到了垃圾桶。我从上周就开始清理院中的苔藓，可到今天才看到成效。不是院子太大，而是苔藓太多了。我每天都在院子里认真清理两个小时，看样子明天就能完工了。今天，我在院子里做瑜伽。看到空荡荡的院子，我的心再次蠢蠢欲动。嗯，这个春天种什么好呢？不然就满满地种上深粉的石竹？

3月28日

皮肤科买的风疹处方药

从十多年前开始到去年，我一年必出一到两次风疹。如果没有软膏或类固醇的药，身上就痒得要命。前年，我将这些西药全部停掉。虽然我的风疹是越来越严重，但每使用一次西药，下次就得用更大更强的剂量才会好转。它貌似只是在问题出现时掩盖一时而已，治标不治本。所以我去了一家韩医院，开始每天服用韩药、洗半身浴。在停用西药的前一两个月，我的风疹出得比以前更加严重，非常难受。但在那之后，一直到现在，我的风疹一次也没复发过。这还是第一次在一年多的时间里我过上了没有风疹的生活。所以，这支药现在应该可以扔了吧？

3月29日

里海乳酸菌

为了使朋友送的乳酸菌保持存活状态，不吃酸奶的我开始不停制作酸奶。好了，就到此为止吧。直到最近，我才打算真的扔掉什么。最初在袜子都被扔掉时可以说是“扔”，但后来大部分的物品其实是“送”给了别人。那感觉不是有点儿像将自己不用的物品挑出来为它们找寻新主人的二次回收中心吗？就这样，我堆积了无数的“垃圾”。喂，现在开始扔掉真正的垃圾吧！

3月30日

猫咪毛球啫喱

我买了这支猫咪毛球啫喱给常吐猫毛的卡夫卡，可它并不怎么吃，就这样一晃眼过了保质期（虽然上面并没有写明保质日期，但已经放置了三年多的药，应该是过期了吧）。哎，如果当时就将它送给哪位养猫的人就好了。今天，我和朋友们一起拜访了几个月前搬到佛光洞的英京姐姐，之后还去了四五陵的花市。在那里，我买了石竹，买了玛格丽特，买了各种各样的花，多到车的后备厢都装不下。今天，我要将院子满满地种上花。话说，石竹怎么就那么美呢？

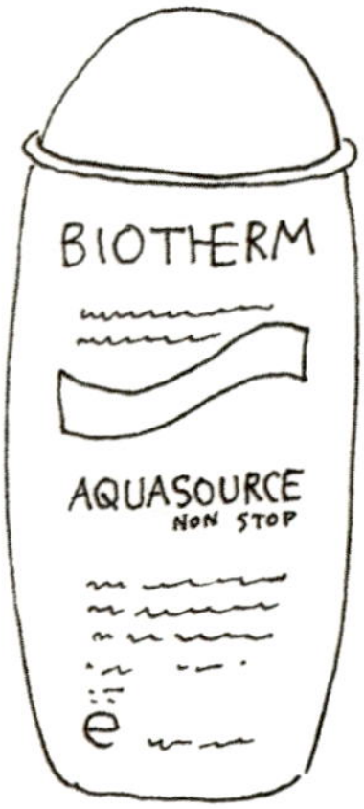

3月31日

开封了一年多却没用过的化妆品

今天，我将昨天没种完的花全部栽完了。昨天和我一起买花的敏京说，她还没开始种，于是我又去她家帮她把花都种下。花朵全部种完后，我带着家人在小区散步，顺便赏花。我们还去了宫同山（音译）附近闲逛，那里有樱花和南苜蓿，全都开得如火如荼。花儿都种下了，我希望如花的运气也会随之而来。可一想到春天就要过去、花朵很快会凋零，我不禁又变得伤感起来。

4月1日—4月22日

感悟：

生命，得用绝不可扔的

东西来填满

这是我365天“一日一废”项目的最后一个月。每天扔东西的日子并没有想象中那么简单。虽然有时很容易就扔掉了想扔掉想得发疯的物品，但也有些时候好不容易才勉强找到要扔的东西，还有些烦心的日子里，因为找不到可扔的东西，压根儿什么都没扔。每天按照既定计划坚持不懈地完成任务需要强大的耐性和努力。在我之前的人生中，有像“一日一废”工程那样一天不落地将某件事情贯彻完成过吗？原来我也是一位能够持之以恒的人啊！我突然有了勇气，我觉得即使是别的事，只要下定决心，就一定能够像这次一样顺利完成。不过，心态得放轻松。

我无论做什么事，都希望自己能够做得更好，能够更漂亮地完成。

因此在开始之前，我就为自己注满了力量，可每次到最后只会将自己累得筋疲力尽。不过，这个决心在一年时间里每天扔一件物品的项目却没有耗费我太多的力气。因为我只想将那些压迫我的物品从我的生命中清理一下而已，初衷很单纯。如果我们能够像这样轻轻松松地享受人生，那该有多好。貌似冲浪的原理也和它大同小异吧。做冲浪运动时，我们首先就要放松，将自己的身体交给波涛，之后就能顺着波涛的起伏享受冲浪的乐趣。而在再次用力的瞬间，我们的心也会跟着沉淀下来。如今，我掌握了冲浪的要领，看来得出趟海了。

4月1日

开封超过六个月的防晒霜

我在网上查找防晒霜的再利用方法，竟然搜出了一大堆。网上说，防晒霜能够将唇膏印、贴纸印以及橱柜污渍都清除得干干净净。原来除了化妆品的功能之外，它还能充当洗涤剂啊！这次，我发现除了补水面霜之外，其他的化妆品都没法再用，都得扔掉了。趁这次机会，我得好好清理一下了。在“一日一废”的进程中，我慢慢知道了哪些东西是不用买的。

4月2日

面膜

发现面膜时，它们已被我遗忘了半年有余：“好，那我也开始护护肤吧。”可惜，如今的我已今非昔比，只敷了几次，就觉得麻烦。最近气温变高，像夏天一样。春天，不会已经过去了吧？

4月3日

新猫咪袜子

我将这双袜子送给了黄仁淑老师。她是一位感情充沛、对弱小生命无微不至的人。没准她照顾猫咪的时间比写作的时间都要长。因为照顾数量日渐增长的流浪猫，我每次看到她时，都发现她面带倦容。一想起黄老师，我就觉得应该把这双袜子送给喜爱猫咪的人。

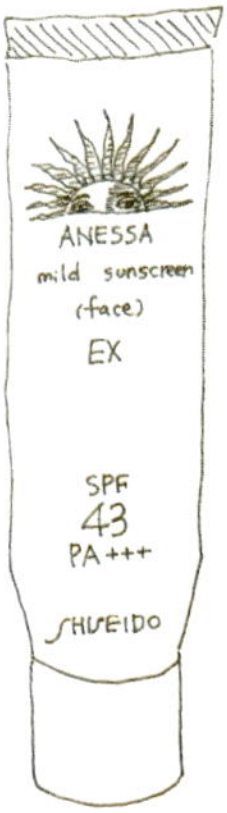
ANESSA
mild sunscreen
(face)
EX
SPF
43
PA+++
SHISEIDO

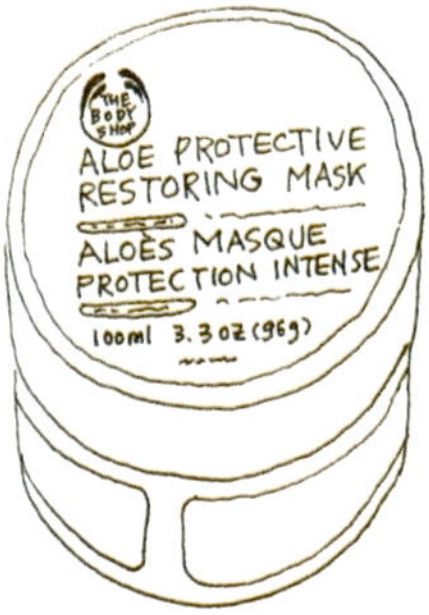
THE BODY SHOP
ALOE PROTECTIVE
RESTORING MASK
ALOÈS MASQUE
PROTECTION INTENSE
100ml 3.3OZ(96g)

newsense

4月4日

桃红色羊毛围巾

我记得这是少爷很久以前送给我的呢。围巾下摆处的花纹真可爱！这条围巾被我放在抽屉里超过了十年，一次也没戴过。我不禁对围巾、对少爷感到有些抱歉。我得帮它找到真正的主人，相信有人戴上它一定会很漂亮。如今，我每天扔掉并记录一件物品的日子就快满一年了。这些手稿到时候也要出成书，所以我也得开始对它们进行整理了。回顾去年4月22日开始实施“一日一废”到现在，我发现自己从刚开始扔不扔都没关系的有形物品，到后来想要告别的无形心情，技术也有所提高。看来无论做什么，都是熟能生巧的。掌握了一门新技术，真开心！

4月5日

在墨西哥买的玩具冰箱贴

我对在墨西哥某国立公园的记忆有些模糊，我在那里游泳、观赏会说话的鹦鹉，还看了海豚？我对墨西哥印象最深的是吊床。那时，我买了两张回来，一张挂在二楼阳台，用着用着，绳子断了。另外一张至今被我好好保存着，不过我想很快就要将它拿出来安装了。其实每次想起墨西哥我都非常开心，因为那是年轻的我们和年幼的女儿一起度过的最后一次说走就走的旅行。自那次之后，我们再也没有那样漫无目的地离开过那么久。会再次背上行囊，不管不顾地旅行一次吗，我们仨？

4月6日

当时还是男友的现任丈夫送给我的礼物——易拉罐拉手

他为什么会送这个礼物给我？不仅如此，丈夫也是到今天才向我告白的。“你现在才说，如果接受就太荒唐了！”难道说，这二十多年，我们都是抱着自己一次也没用过、一点儿也不喜欢的东西生活过来的？当时我想，也许这就是男生喜欢的吧。不过我还是想过要不要取笑一下他。如果哪位女子送给别人这种东西，那应该就是在炫耀自己的另类吧。今天，我第一次在啤酒易拉罐上使用了这个拉手，用起来感觉还不错呢。

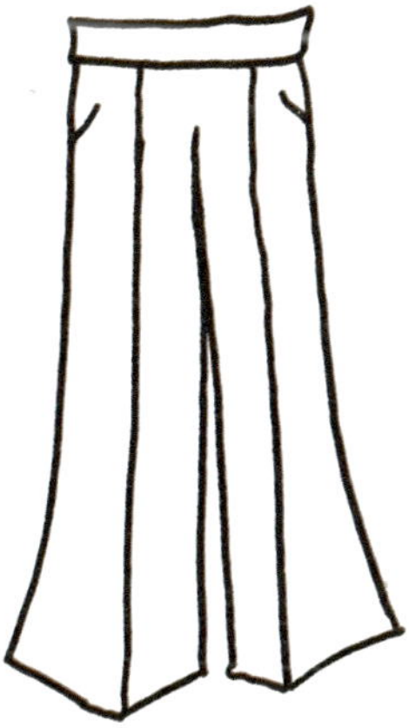

4月7日

黑色天鹅绒喇叭裤

有一段时间，只要穿上这条喇叭裤，就会产生一种错觉，认为自己的身材看上去很好。这次再穿时，却发现喇叭的裤管晃得很严重，而且裤子太长，都开始打扫地板了。最近的花真是太漂亮了，因为天气转暖，院子里的花都开始结花骨朵儿了。近日，我在读丹尼尔·查莫维茨（Daniel Chamovitz）的《植物知道生命的答案》。书上说植物也能看见，也能听到，也有感受。其实我早就知道它们能够进行自我疗伤、运动，还能保护自己不受“敌人”的侵犯。因为它们就好像嵌入式家具，一旦固定在一个地方就无法离开，所以只能进化得更加敏感、更加精致，不是吗？所以它们是帅气的、聪明的植物。就知道是这样！

4月8日

从北京的少数民族那里买来的传统服装

这件裙子是七年前我从北京跳蚤市场某位少数民族女子手中买下来的。那位女子身上的所有服饰和配件都很漂亮。丈夫玩笑地说我是“少数民族控”。难道少数民族的传统服装真的只有我觉得好看吗？这件衣服我已经超过三年没穿了，所以还是扔了吧。今天一整天，我都在预订披头士保罗·麦卡特尼（Paul McCartney）的演唱会门票，可最后还是失败了。如果今天能买到，票价就能便宜不少呢，真可惜！此时此刻，我不想在网上订了，我恨不得去现场排队等。明天，应该能买到的吧？

4月9日

优衣库灰色棉夹克

不知是什么东西在我家草坪里，像一只烂了的红薯。我打算用铲子将它埋进土里，啊啊！这腐烂的一小团好像是动物的尸体。因为腿上没力气，我喊丈夫帮忙。丈夫也一边发抖一边艰难地帮我埋葬它，“这种事情我也不太会做啊！”他说这是只小猫崽子。是因为没奶喝吗？我已经有两年多没穿优衣库的衣服了，所以打算将这件棉夹克扔掉。我终于能够看到已经成为爷爷的保罗·麦卡特尼了。

4月10日

娜塔丽·勒特纪念章

我买了一本印有法国女插画家娜塔丽·勒特画作的笔记本，这枚纪念章就是随本赠送的。虽然这枚纪念章上印有娜塔丽·勒特的画儿，但因为它散发出浓浓的赠品氛围，所以我并不喜欢。今天，我看了一段丸山健二的采访，他的话就像一把匕首深深插进我的胸口，“真正的教养和知性是不受周围的影响，能够自己进行理性思考”。最近，我周围的熟人在逐渐增加，有时我也会无意识地听别人在背后讨论谁。虽然我不能阻止对方的话，但自己就不要评价她们口中的人了吧。如果那不是自己所经历的事，就不要受传闻摆布，用自己的理性去思考吧。

4月11日

妈妈买给我的碗口大小的马克杯

今天找出来的物件是妈妈买给我的碗口大小的马克杯。从几天前开始，我就陆陆续续在网上订购了各种树、花和香草种子。它们昨天一股脑儿全都到了，不过我到今天才将它们都种完。这两天，我从早到晚都在院子里播种，指甲都变黑了。原来戴了手套也无济于事啊！今年，我还买了大量的麦冬、百里香和西洋蓍草种子种在院子里。听说它们在大树下阳光照射不到的阴凉之地也能好好长大，求求你们一定要像人们所说的那样茁壮成长，开出繁茂的花朵。我相信你们的繁殖力！

4月12日

塑料玩具，这是什么？

女儿上六年级时，在小学前面的塑料玩具自动售货机里挑了这三样玩具。因为它们可以合三为一，颜色也很和谐，所以从那时到现在，整整四年里一直挂在我房间最好的位置上。从几个月前开始，我就一直在为要不要扔掉它而烦恼不已，是因为舍不得和女儿那天的回忆吗？真有意思，我都不知道它们是什么，却一直在犹豫。现在，我终于下定决心要将它们扔掉了。今天我将家里所有的种子全都种完了。你们可要快快长大，成为秧苗哦！

4月13日

画有猫咪的木冰箱贴

我决定在贴在冰箱上的密密麻麻的冰箱贴中，挑出自己不太喜欢的扔掉。虽然这只猫咪很漂亮，但是这个冰箱贴不是我买的。是谁送的呢？院子里如今种上了很多植物，可我的菜园却还空着。辣椒、西红柿，还有很多蔬菜还没开始种呢。啊，到了春天，院子里的事情就没完没了了。明天一定要把它们都种下去。今天，我买到了此前渴望无比的唱盘。哇，原来好好听歌是这种感觉啊！在音箱前，我听到腿都舍不得放下，耳朵仿佛也在享受一场听觉大餐！

4月14日

印有莎莉·布朗的布冰箱贴

我决定从今天开始不再在院子里种什么，因为树、花、香草的种子都已经种下，菜园里也插满了秧苗。几天前播下的种子很快就会发芽（得给邻居也送一点儿过去），到时候说不定我的院子里连立足的地方都没有呢。听说一个人如果不再信任人，就会开始喜欢植物。难道越来越关心植物的我也是这样？这只冰箱贴上印着一句话："独裁者们永远都不知道他们说的是什么（Big brothers never know what they' re talking about）！"这话是对的。

4月15日

印有史努比的布冰箱贴

我将水栽的花草搬到了房间窗台上。院子里的活儿干完了，现在接着将院子里的植物往房间里搬。不知春天为何让我如此有活力。本可以休息，却依然兴致勃勃地将好东西都搬了过来。难道春天的气息里有咖啡因？今天扔的是印有史努比的布冰箱贴。

4月16日

塑料存钱罐

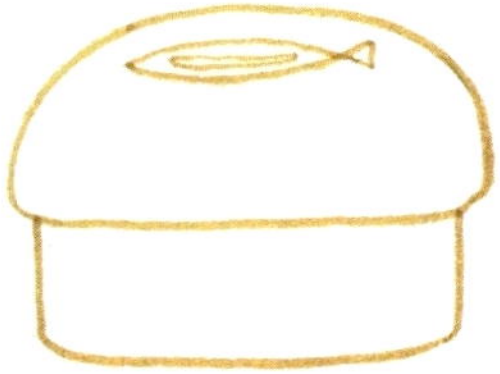

今天早晨发生了一件不可思议的事。载有470多名旅客的“岁月”号在驶向济州岛的途中，在珍岛附近沉没了。船内有325名去济州岛休学旅行的檀园高中的学生。一个晚上过去，到目前为止，还有290名下落不明。据说船在沉没的过程中，船内一直在播放广播，让大家不要乱动，就地等待。听了这话原地不动的学生们至今还在船内无法动弹。怎么办？怎么办？怎么办？

4月17日

今天和昨天一样，依然那么无力，依然让人难以置信。和女儿一般大小的290名学生至今还在冰冷的海水中等待救援。惭愧的是，我除了祈祷什么也做不了。

4月18日

已经第三天了，还是毫无进展。我的耳朵嗡嗡作响，无力感涌上来，什么事也做不了。和他们素未谋面的我尚且如此，他们的父母和亲戚就……好担心今晚一过，所有的希望都会化成泡影。

4月19日

今天已经是第四天，依然没有出现任何转机。时间就这样过去，让人难以置信。大家的眼泪流成了河，不知道会不会流向他们那里。不要哭了啊。

4月20日

“大家请镇定，待在原处别动！这样更安全！”乖乖听话的人没能救出来，只有不听话的人得救了。这个扭曲的社会。他们至今还在倾斜的船舱里，而让他们原地不动的人却最先跳上了救生艇。我想我也得打起精神，只有自己变强大了，危难时刻才能自救甚至多救一个人。所以现在，我得开始做自己的事了。

4月21日

威斯巴登纪念章

第六天，只有遇难者的人数在增加。要想工作，就得坐到书桌前。可我一坐下，就会不由自主上网看新闻。为了转移注意力，我不管三七二十一，将书桌上的纪念章（妯娌送的纪念章，其实我并没有去过德国的威斯巴登）画了下来，然后扔掉。

4月22日

就在一年前的今天，我决定每天扔掉一件物品。一年里，我一丝不苟地将各种东西画下、写下并扔掉。原本以为在最后一天，我会怀着轻松的心情愉快地喝下一小杯红酒。可此刻我的心情却是如此的低落。“岁月”号沉船事故发生后，在这个状况频发的地方，我该接着扔什么呢？“岁月”号沉船事故后，人们不是用心钻研救人的方法，而是互相追究责任。甚至有人提议取消休学旅行。这难道是休学旅行的错吗？如果是这样，大海也不应该有，天空也不应该有了。此外，我们也不能说船长就是“岁月”号沉船事故的主要责任人。丢下大家跳船独自逃生的船长固然有错，但没能将其培养成一位有专业素养的船长的社会，提供恶劣的劳动环境、临时工的待遇，却要求对方具备专业人士的能力和责任感的社会就没有错吗？在竞争的土壤中成长的自尊心滋生利己之心；在包容的土壤中成长的自尊心滋生利他之心。今后，我真正要扔的是什么？我一定要守护的又是什么？一日一废，要继续下去吗？

跋

没有占有欲的人，气色就与众不同。他们的脸上看不到歹毒和欲望，萦绕着清新的气息。在这样的一张脸面前，我也会不知不觉变得严肃起来。虽然我也很想拥有一张如此纯净的脸，但这并非易事。偏爱漂亮、遍寻美味、比起生活用品更喜欢首饰的我如果要做到这一点，恐怕只能再出生一回了。虽然随着年龄的增长，我对物欲的要求有所降低，但偶尔还是会有极大的贪念，例如想住在有座宫殿的岛上，例如想拥有亨利·鲁索的画《玩球的男人》。每到这时，我都会产生挫败感：“啊，原来我成不了这样的人啊！”

尽管如此，我还是想让自己总是盲目消费、只会持续堆积物品的低效生活稍微有所改观。所以，我才想到了每天一扔的“365日一日一废”工程。也许当时的我想在整理那已呈饱和状态、积得满满的物品的过程中得到休息吧。

一开始，我将一只哪里已磨破或穿着不舒服的袜子扔进垃圾桶。也不知连袜子都无法痛快扔掉的我到底能不能顺利扔掉其他物品。随着日子一天天过去，我已经不需要“袜子”了，接下来就是别人也许还用得着的物件。看着它们，我开始想到那些可能比我更需要它们的人，而这个想法被我轻易转化成了行动。我从“什么都扔不了”，变成即使不是垃圾也能“愉快扔的女子”。新鲜的体验，真正的回收站。

后来，我的物件从“扔”拓展到“通过分享再利用”。它们使我意识到，可以扔掉的不仅仅是物品，还可以是失败的想法和徒劳的情感。我还尝试过扔掉烦恼的人际关系、年轻的傲慢情绪。它们像魔法，无法像生活中的物品一样说消失就消失。对我而言，这个项目就好像在变魔术。

就这样，一年过去了。这一年里，我并不是只在扔东西。有点儿讽刺，我在扔掉的同时，得到了更多。在将必须扔和不能扔的物品之间进行分类时，我能切实感受到哪些东西才是我更加珍视的。貌似我什么也不扔都行。我想象着用绝不扔掉的东西填满的家。究竟能否过上不扔东西的生活呢?

我想起了马克·吐温。马克·吐温在乘船旅行的途中，碰到了一位因为肺和支气管不好而痛苦不堪的女子。当时，他规劝女子戒烟。可女子沮丧地回答“我这辈子都没吸过烟”。马克·吐温回应道：“啊，这可不行。平时应该抽烟的啊，这样一旦戒烟了，病就会好呢。”这果然是马克·吐温式的回答。现在的我也因同样的理由感到快乐呢。因为平日堆积了垃圾和贪恋，所以才有扔掉它们的今天。这样下去，我们就会期待更加美好的明天。

当快乐的我在某一刻觉得哪怕是添加一件东西都太多时，那一刻需要“一日一废”工程。我想和大家一起分享我越扔越轻松的心情、与人分享的快感、慢慢体会到的珍贵以及全新的生活。

所以，我今天也在一边打扫家中角落，一边探索要扔的物品。好了，今天要扔什么呢?

自乱阵脚，犹犹豫豫，最后还是没扔的物品

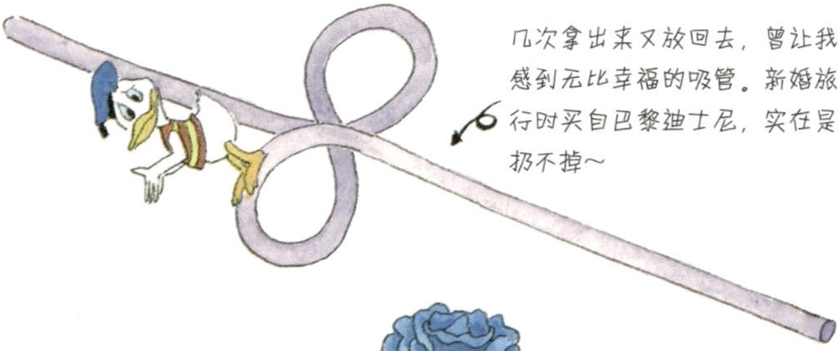

几次拿出来又放回去，曾让我感到无比幸福的吸管。新婚旅行时买自巴黎迪士尼，实在是扔不掉~

买自纽约的塑料戒指。因为像玩具，所以没戴过。为什么不扔掉呢？

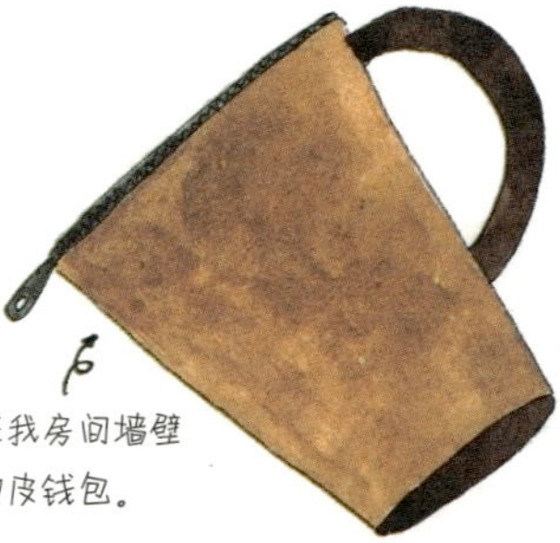

挂在我房间墙壁上的皮钱包。

因为有点儿（非常）显小打算扔掉，但画着画着又决定减肥再穿的安哥拉毛衣。

五年前买自巴厘岛，早就过期了的香辛料。原本打算扔掉，结果在房间里作画时，遭到了丈夫的强烈反对。

妈妈送的澳大利亚纪念品。虽然很陈旧，但因为它是妈妈的物品，所以不打算扔。

篝火国王马克杯。即使碎了也不会扔，故侧放在书桌上当装饰品。

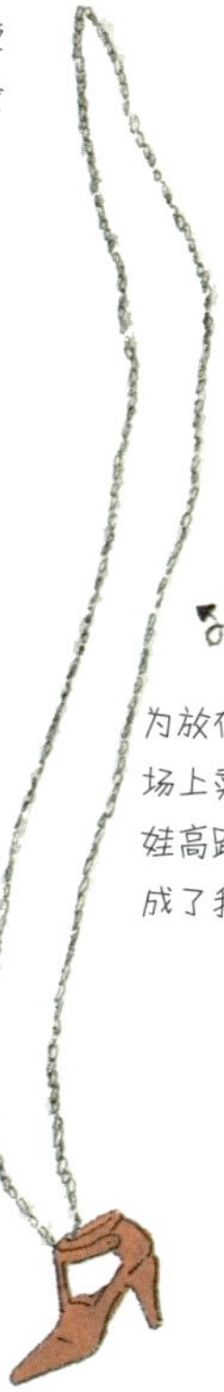

为放在猫咪筹款跳蚤市场上卖而制作的芭芭娃娃高跟鞋、项链。结果成了我的呢。

买自冲绳的网眼儿童书包。以前是女儿的，现在是我的！

使编制变得更方便的工具式玩具。虽然如今不再使用，但也无法扔掉呢。